마법의 시간여행 32

겨울 나라의 얼음 마법사

신기한 그림 마법사 살 머도카에게

MAGIC TREE HOUSE # 32
WINTER OF THE ICE WIZARD
by Mary Pope Osborne and illustrated by Sal Murdocca

마법의 시간여행 ③②

겨울 나라의 얼음 마법사

메리 폽 어즈번 지음

살 머도카 그림 / 노은정 옮김

비룡소

차례

이야기를 시작하기 전에

어느 날 펜실베이니아 주의 프로그 마을 숲 속 나무 위에 신기한 오두막집이 홀연히 나타났습니다. 책 읽기 좋아하는 잭과 호기심 많은 동생 애니는 그 오두막집으로 올라가 보았답니다. 그런데 그곳에는 책이 가득했어요.

잭과 애니는 곧 그곳이 마법의 오두막집이라는 것을 알게 되었어요. 책에 나오는 장소로 잭과 애니를 데려다 줄 수 있는 신기한 힘을 지닌 오두막집이었어요. 그저 책에 있는 그림을 가리키면서 거기에 가고 싶다고 말하면 되었지요. 둘은 여러 차례 모험을 하면서 자기들이 떠나 있는 사이에 프로그 마을에서는 시간이 흐르지 않는다는 것도 깨달았죠.

마침내 잭과 애니는 이 마법의 오두막집이 모건 르페이 할머니의 것이라는 사실을 알게 되었습니다. 모건 할머니는 아득한 옛날 옛적 아서 왕의 왕국인 캐멀롯에서 날아온 요술쟁이 사서였어요. 시간과 공간을 넘나들며 책을 모으는 사람이었죠.

잭과 애니는 모건 할머니를 도와 다른 시대, 다른 곳을 탐험하면서 가슴 두근거리는 모험을 했어요. 그런데 이 모습을 눈여겨본 마법사 멀린 할아버지가 잭과 애니에게 임무를 맡겼답니다. 잭과 애니는 신비한 전설의 땅인 캐멀롯 왕국을 구하기 위해 '다른 세상'에 가서 '회상과 상상의 물'을 가져왔어요. 그런 다음에는 까마귀 왕이 훔쳐 간 운명의 다이아몬드를 되찾아 왔어요. 그뿐인가요. 어느 신비한 나라의 바닷가로

8

가서 숨겨져 있던 빛의 검을 찾아냈지요.

　이번에는 또 어떤 임무가 잭과 애니를 기다리고 있을까요? 잭과 애니를 따라 함께 떠나 보세요. 하지만 그 전에 옷을 단단히 챙겨 입고 두툼한 신발도 신어야 할 거예요. 기괴한 일들이 벌어지는 춥디추운 겨울 나라로 갈 참이거든요.

사슬이 풀리고

늑대가 마음대로 날뛰리니.

앞날을 보니 알겠구나,

비밀스러운 것들을.*

* 이 시는 12세기 아이슬란드의 책 『에다』에 실린 시입니다. 『에다』는 고대 북
유럽의 신화와 전설을 모아 놓은 책입니다. 이 시를 지은 사람은 알려지지 않
았습니다. (옮긴이)

1. 겨울이 시작되는 날

차가운 바람이 유리창을 덜컹덜컹 흔들어 댔습니다. 하지만 집 안은 따뜻하고 아늑했어요. 잭과 애니는 엄마와 함께 크리스마스 쿠키를 만들고 있었습니다. 잭은 별 모양의 쿠키 틀로 반죽을 꾹꾹 찍었어요.

"이야! 밖에 눈이 와!" 애니가 말했습니다.

잭도 창밖을 보았어요. 주먹만 한 눈송이가 초저녁 하늘에서 펄펄 내리고 있었습니다.

"나갈까?" 애니가 물었어요.

"아니, 금방 어두워질 거야." 잭이 대답했어요.

"잭의 말이 맞아. 오늘이 바로 겨울이 시작되는 날이거든. 일 년 중에서 낮의 길이가 가장 짧고 밤의 길이가 가장 긴 날이지." 엄마가 말했습니다.

잭의 가슴이 갑자기 쿵쿵 뛰기 시작했어요.

"그럼 오늘이 동지예요?" 잭이 물었어요.

"그래." 엄마가 대답했어요.

"동지라고요?" 애니는 입을 딱 벌렸습니다.

"그렇다니까." 엄마는 아이들이 왜 그러는지 몰라 어리둥절했어요.

잭과 애니는 서로의 얼굴을 보았어요. 둘은 지난여름 하지 때 마법사 멀린 할아버지의 부탁을 받아 모험을 떠났거든요. 그래서 동지인 오늘 또다시 멀린 할아버지가 잭과 애니를 부를 것 같았어요!

잭은 쿠키 틀을 내려놓고 수건으로 손을 닦았어요.

"엄마! 잠깐 나가서 놀다 올게요."

"그래, 마음대로 하렴. 대신 옷을 따뜻하게 입고 나

가야 해. 나머지 쿠키는 엄마가 만들어서 오븐에 넣어
둘게."

"고맙습니다!" 잭과 애니는 신발장으로 달려가 부
츠를 꺼내 신었어요. 물론 두꺼운 외투, 목도리, 장갑
그리고 모자까지 다 챙겼지요.

"어두워지기 전에 돌아와라!" 엄마가 당부했어요.

"예!" 잭이 소리쳤어요.

"다녀오겠습니다!" 애니도 외쳤습니다.

잭과 애니는 눈이 내리는 추운 바깥으로 나갔습니
다. 그리고 눈이 하얗게 쌓인 마당을 지나 숲으로 향
했습니다. 잭과 애니의 발밑에서는 뽀드득뽀드득 소
리가 났어요.

숲에 도착한 잭은 걸음을 멈추었습니다. 하얀 눈이
소복이 쌓인 나무들이 정말 아름다워 보였거든요.

"오빠, 다른 사람들이 왔다 갔나 봐." 애니가 눈 위
에 난 두 쌍의 발자국을 가리켰습니다. 그 발자국은
큰길로 나갔다가 다시 숲으로 향했지요.

"숲에서 나왔다가 되돌아간 것 같아. 빨리 가자!"

잭은 마음이 급했어요. 다른 사람이 마법의 오두막집을 먼저 발견하게 하고 싶지 않았거든요.

잭과 애니는 발자국을 따라서 서둘러 걸어갔어요.

"잠깐만! 저기 좀 봐!" 애니가 잭을 나무 뒤로 잡아끌며 말했어요.

내리는 눈 사이로 두 사람이 보였어요. 기다란 검은 망토를 두른 그들은 높다란 참나무를 향해 가고 있었죠. 그 참나무 꼭대기에는 바로 마법의 오두막집이 있었어요!

"앗, 안 돼!" 잭이 외쳤어요.

그만 다른 사람이 마법의 오두막집을 먼저 찾아내고 만 거예요!

"저기, 잠깐만요!" 잭은 무턱대고 소리부터 질렀습니다.

잭은 다른 사람이 마법의 오두막집에 들어가서는 안 된다고 생각했어요. 오로지 잭과 애니만 들어갈 자

격이 있다고 생각했지요.

잭은 달음질치기 시작했어요. 애니도 뒤따라갔습니다. 잭은 달리다 그만 미끄러져서 눈 위에 철퍼덕 엎어졌습니다. 하지만 재빨리 일어나서는 계속 달려갔어요.

잭과 애니가 마법의 오두막집 아래 거의 도착했을 때 그 두 사람은 벌써 줄사다리를 타고 올라가 오두막집 안으로 들어가 있었습니다.

"거기서 나와요!" 잭이 소리쳤어요.

"그건 우리 오두막집이란 말이에요!" 애니도 소리를 질렀어요.

그러자 남자 아이와 여자 아이가 오두막집 창문 밖으로 고개를 쑥 내밀었습니다. 두 아이 모두 잭보다 나이가 몇 살 많아 보였습니다. 남자 아이는 헝클어진 빨간 머리에 주근깨가 많았어요. 여자 아이는 바다처럼 푸른 눈동자에 길고 검은 곱슬머리를 갖고 있었죠. 추위 탓에 둘 다 양쪽 뺨이 발그레했습니다. 둘은 잭과 애니를 보더니 웃음을 터뜨렸어요.

"잘됐다! 우리는 너희를 찾으러 왔는데 너희가 먼저 우리를 찾아냈네!" 남자 아이가 말했어요.

"테디! 캐슬린!" 애니가 소리쳤어요. 그 아이들은 다름 아닌 테디와 캐슬린이었던 거예요.

테디는 캐멀롯에 있는 요술쟁이 사서 모건 할머니의 도서관에서 일하는 어린 마법사예요. 캐슬린은 지난번에 잭과 애니를 바다표범으로 변신시킨 요술쟁이 셀키 소녀고요.

잭은 깜짝 놀랐습니다. 캐멀롯에 사는 이 친구들이 프로그 마을까지 찾아오리라고는 꿈에도 생각하지 못했거든요!

"여긴 웬일이야?" 잭이 큰 소리로 물었습니다.

"일단 올라와. 올라오면 다 말해 줄게." 테디가 대답했어요.

잭과 애니는 서둘러 줄사다리를 타고 올라갔어요. 애니는 오두막집 안으로 들어가자마자 양팔을 활짝

벌려 테디와 캐슬린을 끌어안았습니다.

"우리를 찾아와 주다니 믿을 수가 없어!"

"애니, 다시 만나서 정말 반가워. 잭, 너도." 캐슬린의 크고 푸른 눈동자가 반짝였습니다.

"나도 반가워." 잭은 수줍게 말했어요.

여전히 잭은 자기가 본 사람들 중에 캐슬린이 가장 아름답다고 생각하고 있었지요. 캐슬린은 바다표범으로 변신했을 때조차 예뻤어요.

"우리는 너희를 찾아가려고 아래로 내려갔어. 그리고 숲을 가로질러 큰길까지 나갔지." 테디가 설명했습니다.

"근데 길에 괴물들이 그득하지 뭐야! 하마터면 커다랗고 시뻘건 괴물한테 깔릴 뻔했어! 요란하게 빵빵 소리를 질러 대던걸!" 캐슬린이 거들었습니다.

"게다가 미처 정신을 차릴 틈도 없이 거대하고 시커먼 괴물이 우리한테 마구 달려드는 거야! 굉장히 큰 소리로 으르렁거리면서! 그래서 결국 정신을 가다듬고 좋은 방법을 생각해 보려고 마법의 오두막집으로 돌아왔지." 테디가 설명했습니다.

"그건 괴물들이 아니야. 그냥 자동차들이야." 애니가 말했어요.

"자동차?" 테디가 물었습니다.

"그래, 사람들이 운전해서 타고 다니는 물건이야. 엔진이 달렸고." 잭이 말했습니다.

"엔진?" 테디가 또 물었어요.

"설명하기는 좀 힘들어. 그냥 우리가 사는 세상에서는 길을 건널 때 항상 자동차를 조심해야 한다는 것만 기억해." 애니가 일러 주었습니다.

"꼭 그렇게 할게." 테디가 말했어요.

"근데 여기는 왜 온 거야?" 잭이 물었습니다.

"멀린 할아버지의 방에서 할아버지가 너희에게 쓴 편지를 발견했어. 그래서 우리가 직접 가져다주어야겠다고 생각했지." 테디가 말했습니다.

"우리는 모건 할머니의 도서관 밖에 있는 마법의

오두막집으로 올라갔어. 테디가 편지 속에 있는 '프로그 마을'이라는 글씨를 가리키면서 '이곳에 가고 싶다.' 하고 말했더니 이 숲에 와 있더라." 캐슬린이 설명했습니다.

"이게 너희에게 주려고 가져온 그 편지야."

테디는 망토 속에서 자그마한 회색 돌멩이를 꺼내어 잭에게 건네주었습니다. 돌멩이에는 아주 작은 글씨가 적혀 있었어요. 잭은 그 글씨를 큰 소리로 읽어 보았습니다.

프로그 마을의 잭과 애니에게
내 힘의 지팡이를 도둑맞았단다. 동지 때
구름 뒤의 나라로 오려무나. 지는 해를 향해
가서 내 지팡이를 되찾아 오너라. 그러지
않으면 나는 모든 것을 잃게 될 게야.

멀린

"이런! 큰일 났네." 애니가 말했어요.

"그러게. 근데 왜 멀린 할아버지가 직접 편지를 보내지 않으셨을까?" 잭은 궁금했어요.

"글쎄, 우리도 모르겠어. 멀린 할아버지도 모건 할머니도 며칠 동안 전혀 보이지 않았거든." 테디가 말했습니다.

"어딜 가셨는데?" 애니가 물었습니다.

"그걸 도무지 모르겠단 말이야. 지난주에 나는 캐슬린을 캐멀롯으로 데려오려고 셀키 바다로 갔어. 캐슬린도 모건 할머니의 도서관에서 일을 돕게 되었거든. 그런데 우리가 돌아와 보니까 모건 할머니도 멀린 할아버지도 온데간데없이 사라져 버렸더라고." 테디가 대답했습니다.

"너희에게 보내는 이 편지만 있었어." 캐슬린이 덧붙였어요.

"그랬! 그래서 나는 멀린 할아버지가 돌아왔을 때 지팡이가 되돌아와 있는 걸 보시면 굉장히 기뻐하실

거라고 생각했어. 멀린 할아버지의 힘은 대부분 먼 옛날부터 전해오는 그 지팡이의 신비한 마법에서 나오거든." 테디가 말했어요.

"아, 그렇구나!" 애니가 고개를 끄덕였습니다.

"멀린 할아버지의 편지를 보면 동지 때 구름 뒤의 나라로 가라고 되어 있는데 거기가 어디야?" 잭이 물었습니다.

"구름 뒤의 나라는 내가 사는 협곡에서 북쪽으로 꽤 멀리 떨어진 곳에 있어. 나도 가 본 적은 없어." 캐슬린이 대답했습니다.

"나도 가 보진 않았지만 모건 할머니의 책에서 읽은 적이 있어. 그곳은 눈 덮인 황야처럼 쓸쓸하고 아무도 없는 땅이래. 나도 한번 직접 보고 싶은걸." 테디가 말했습니다.

"그럼 테디와 캐슬린도 우리랑 같이 가 줄 거야?" 애니가 물었습니다.

"그렇고말고!" 캐슬린이 흔쾌히 말했어요.

"잘됐다!" 잭과 애니는 동시에 외쳤어요.

"우리 모두 힘을 합치면 못할 게 없잖아?" 테디가
자신 있게 말했습니다.

"그랫!" 애니가 테디의 말투를 흉내 내어 대답했습
니다.

'휴, 정말로 못할 게 없다면 좋겠는데.' 잭은 조금
불안했습니다.

애니가 돌멩이에 쓰인 '구름 뒤의 나라'라는 글씨
를 가리켰어요.

"준비됐어?" 애니가 다른 아이들을 돌아보고 물었
습니다.

"응!" 캐슬린이 말했어요.

"아마도." 잭이 말했습니다.

"앞으로 갓!" 테디가 외쳤어요.

"이곳에 가고 싶다!" 애니가 말했죠.

바람이 불기 시작했어요.

마법의 오두막집이 빙글빙글 돌기 시작했어요.

점점 더 빨리 더 빨리.

그러다가 사방이 잠잠해졌어요.

쥐 죽은 듯이.

2. 구름 뒤의 나라

칼바람이 살을 에어 낼 듯 거세게 몰아쳤어요.

"이럴 수가⋯⋯." 잭은 다른 아이들과 함께 창밖을 내다보다가 중얼거렸습니다.

마법의 오두막집이 있는 곳은 나무 위가 아니었어요. 주위를 아무리 둘러보아도 나무 한 그루 보이지 않았죠. 대신 마법의 오두막집은 산처럼 높고 가파른 눈 더미 꼭대기에 자리 잡고 있었습니다. 드넓은 눈벌판 군데군데에 바람이 만들어 놓은 눈 더미들이 들쑥

26

날쑥 솟아 있었어요. 눈벌판 저 너머에는 언덕들과 산들이 보였습니다.

"책에 나온 대로 여긴 진짜 황량하다." 테디가 이를 딱딱 부딪치며 말했어요.

"아니야, 참 아름다운걸. 여긴 북쪽 바다표범 족들이 사는 땅이야." 캐슬린이 말했어요.

"멋지다!" 애니가 감탄했어요.

잭은 양손을 주머니에 깊숙이 찔러 넣었어요. 잭도 테디와 같은 생각이었어요. 이곳은 삭막하기 짝이 없는 데다 몸이 꽁꽁 얼어 버릴 것같이 추운 곳이었죠!

"멀린 할아버지의 지팡이는 어디 있을까?" 잭은 덜덜 떨며 말했습니다.

"찾으러 가 보자! 편지에는 지는 해를 향해 가라고 쓰여 있잖아." 캐슬린이 말했습니다.

캐슬린은 마법의 오두막집 창문을 통해서 밖으로 나갔습니다. 캐슬린은 망토로 몸을 감싸더니 가파른 내리막길을 눈썰매 타듯 미끄러져 내려갔어요.

"나도 갈래! 기다려!" 애니도 캐슬린을 따라갔습니다. 애니는 신나게 소리를 지르며 미끄럼을 탔어요.

"오빠도 빨리 와! 진짜 재미있어!" 애니가 소리쳤습니다.

잭과 테디는 서로 얼굴을 바라보았어요.

"우리도 해 볼까?" 테디가 물었습니다.

잭은 고개를 끄덕였어요. 잭은 목도리를 목에 단단히 두르고 테디를 따라서 밖으로 나갔어요.

잭과 테디는 눈 더미 꼭대기에 나란히 앉았습니다. 드디어 몸을 밀어 출발했어요. 둘은 얼어붙은 눈 더미 위를 미끄럼을 타며 내려갔어요. 잭은 자기도 모르게 소리를 질렀습니다. 진짜 재미있었거든요!

눈 더미 밑으로 내려온 잭과 테디는 엉거주춤 일어섰습니다. 잭은 옷에 묻은 눈을 털어 냈어요. 공기가 얼음같이 차가워서 입에서 하얀 입김이 나왔어요.

"조, 조금 춥다." 애니는 몸을 움츠렸어요.

추워서 덜덜 떨지 않는 사람은 캐슬린뿐이었어요.

캐슬린은 바닥에 누운 채 하늘을 올려다보며 미소를 짓고 있었죠.

'캐슬린은 바다표범 족이라서 추위를 안 타나 봐.' 잭은 캐슬린이 부러웠어요.

"여기는 우리 빼고는 살아 있는 게 하나도 없는 것 같아." 테디는 눈벌판 저편을 주의해서 살펴보며 말했습니다.

"그렇지 않아. 흰기러기도 보이고 백조들의 노랫소리도 들리는걸." 캐슬린이 하늘을 가리켰어요.

"나도 보여." 애니가 말했습니다.

캐슬린은 자리에서 일어나 눈썹에 손을 대고서 눈벌판 저쪽을 바라보았어요. 차가운 태양이 하늘에 낮게 걸려 있었습니다. 파르스름한 그림자가 눈 더미 아래쪽에 길게 드리워졌어요.

"보여? 하얀 눈토끼가 어두워지기 전에 집에 돌아가려고 서둘러 뛰어가고 있어." 캐슬린이 저 먼 곳을 가리켰어요.

잭은 캐슬린이 가리킨 곳을 바라보았어요. 하지만 잭에게는 아무것도 보이지 않았습니다.

"흰올빼미도 보여. 게다가…… 앗, 저건!" 캐슬린이 갑자기 당황한 목소리로 말했어요.

"왜 그래?" 애니가 물었어요.

"늑대들이야. 방금 눈 더미 뒤로 숨었어. 우리 셀키족은 늑대를 아주 무서워해." 캐슬린이 진저리를 쳤습니다.

"너무 겁내지 마. 내가 지켜 줄게. 자, 지는 해를 향해 어서 가야지!" 테디가 캐슬린의 손을 잡고 말했습니다.

테디와 캐슬린은 눈 덮인 벌판을 함께 가로질러 갔어요. 두 아이의 망토 자락이 휘날렸습니다. 잭과 애니도 주머니에 손을 넣고서 서둘러 따라갔어요. 지는 해를 향해서 말이에요.

테디와 캐슬린, 잭과 애니가 얼어붙은 벌판 위를 걸어가는 동안 태양은 지평선 너머로 천천히 지고 있었습니다.

바람이 잭의 얼굴을 때렸습니다. 잭은 고개를 푹 숙이고 걸었지만 바람은 바늘처럼 살을 찔렀습니다. 잭은 얼음같이 차가운 바람을 견디기가 너무 힘들었어요. 그래서 멀린 할아버지가 잃어버린 힘의 지팡이를 어서 빨리 찾을 수 있기를 빌었죠. 이렇게 쓸쓸하고 추운 땅에서는 그 누구라도 오래 버틸 수 없을 것만 같았습니다.

잭이 이런저런 생각을 하고 있는데 애니의 목소리가 들려왔어요. 잭은 고개를 들어 보았습니다. 태양은 어느새 지평선 너머로 완전히 사라져 버렸습니다. 초저녁 어스름이 깔리자 하얀 눈은 자줏빛에 가까운 분홍색으로 바뀌었어요. 그러더니 곧 검푸른 색이 되었습니다.

"오빠! 이리 좀 와 봐!" 애니가 소리쳤어요.

애니와 테디와 캐슬린은 어마어마하게 큰 눈 더미의 비탈진 면에 서 있었습니다.

31

잭은 그쪽으로 서둘러 갔어요.

"봐!" 애니가 말했어요.

"세상에……." 잭은 중얼거렸습니다.

그곳에는 얼음 벽돌로 지은 엄청나게 큰 궁전이 있었던 거예요.

떠오르는 둥근 달 아래 번뜩이는 뾰족탑들이 높이 솟아 있었습니다. 푸르스름한 저녁 하늘을 찌를 것 같았죠.

"저기는 누가 사는 곳일까?" 잭은 궁금했어요.

"들어가서 알아보면 되잖아!" 테디가 씩씩하게 대답했습니다.

테디는 다른 아이들을 이끌고 얼음 궁전을 향해 내려갔어요. 궁전 입구에는 날카로운 창같이 생긴 기다란 고드름들이 매달려 있었습니다.

"꽤 오랫동안 아무도 찾아오지 않았나 봐." 캐슬린이 말했어요.

"그러게."

테디는 고드름 몇 개를 부러뜨렸어요. 고드름들은 쨍그랑 소리를 내며 바닥에 떨어졌습니다.

"앞으로 갓!" 테디가 외쳤어요.

다른 아이들이 고개를 끄덕였습니다.

테디는 고드름 조각들을 발로 치워 가면서 얼음 궁
전으로 앞장서서 들어갔습니다.

3. 얼음 마법사

궁전 안의 공기는 바깥보다 더 차가웠어요. 아치 모양의 창을 통해서 달빛이 흘러들었어요. 바닥은 스케이트장처럼 반들거렸어요. 매끄럽고 굵은 얼음 기둥들이 둥그스름한 돔 모양 천장을 받치고 있었어요.

"잭, 애니! 어서 오너라." 얼음 기둥 뒤쪽에서 우레와 같은 소리가 들려왔습니다.

"멀린 할아버지인가?" 잭은 깜짝 놀랐습니다.

"멀린 할아버지의 목소리 같지 않은걸?" 테디가 말

36

했습니다.

"그런데 어떻게 우리 이름을 알지?" 애니는 궁금했지요.

"잭과 애니, 어서 이리 오너라. 너희를 기다리고 있었다." 그 목소리가 쩌렁쩌렁 울렸습니다.

"멀린 할아버지가 장난삼아 다른 목소리를 내는 것일 수도 있잖아! 가자!" 애니가 앞장섰어요.

"애니, 기다려!" 잭이 소리쳤지만 애니는 빛이 새어나오는 방 쪽으로 벌써 사라져 버렸어요.

"따라가자." 잭은 테디와 캐슬린에게 말했어요.

셋은 애니 뒤를 쫓아갔어요. 기둥들 저편에는 얼음을 깎아 만든 계단이 있었고 그 위에는 높은 연단이 있었어요. 연단에 놓인 화려한 의자에는 수염이 길고 덩치가 엄청나게 큰 남자가 앉아 있었죠.

의자에 앉아 있는 남자는 멀린 할아버지가 아니었어요. 그는 가장자리에 털이 달린 다 해진 옷을 걸쳤고 얼굴은 비바람에 오랫동안 시달린 듯 찌들어 있었어요. 수염은 너저분했고 한쪽 눈에는 검은 안대를 하고 있었습니다. 그는 몸을 앞으로 내밀어 나머지 한쪽 눈으로 애니를 노려보았어요.

"너는 누구냐? 나는 프로그 마을에서 온 잭과 애니를 기다리고 있다." 그 남자가 말했어요.

애니는 의자 쪽으로 한 걸음 다가갔어요.

"제가 애니고 여기는 우리 오빠 잭이에요. 저쪽은 우리 친구 테디하고 캐슬린이고요. 우리는 나쁜 사람들이 아니에요."

"애니? 잭? 너희는 애니와 잭이 아니야! 너무 작아!" 그 남자는 콧방귀를 뀌었어요.

"우린 작지 않아요! 우린 꼬마가 아니라고요!"

"너희는 어린애들이잖아! 잭과 애니는 영웅이란 말이다!" 그 남자가 비웃었습니다.

"우리가 정말 영웅이라고 불리는지는 잘 모르겠지만 모건 할머니랑 멀린 할아버지를 여러 번 돕긴 했다고요!" 애니는 계속 따지고 들었어요.

"애니, 조용히 해!" 잭은 그 남자가 어쩐지 의심스러웠어요. 게다가 애니가 말을 너무 많이 하는 것 같아 걱정되었죠.

하지만 애니는 계속해서 이야기했습니다.

"사실 우리는 멀린 할아버지가 구름 뒤의 나라로 오라고 해서 온 거예요. 돌멩이에 편지를 써서 저희에게 보내셨단 말이에요."

"어허…… 그렇다면 너희는 진짜 잭과 애니가 맞나 보군."

남자는 몸을 앞으로 내밀더니 낮은 목소리로 말했습니다.

프로그 마을의 잭과 애니에게

내 힘의 지팡이를 도둑맞았단다. 동지 때
구름 뒤의 나라로 오려무나. 지는 해를 향해
가서 내 지팡이를 되찾아 오너라. 그러지
않으면 나는 모든 것을 잃게 될 게야.

"어떻게……." 잭은 남자의 말에 깜짝 놀랐어요.

"멀린의 편지 내용을 내가 어떻게 아느냐고? 내가 썼으니까 알지! 그 편지가 너희에게 전달되기를 바랐던 사람이 바로 나니까!"

잭은 뒤로 한 걸음 물러섰습니다. 이번에 잭과 애니를 부른 사람이 멀린 할아버지가 아니었다니! 이 괴상한 남자가 잭과 애니를 속인 거예요!

"당신은 누구예요?" 테디가 따져 물었습니다.

"나는 얼음 마법사다. 겨울 나라의 마법사 말이다." 남자가 대답했어요.

테디는 마른 침을 삼켰어요.

'큰일 났다!' 잭은 겁이 덜컥 났어요. 지난번에 이 마법사에 대한 이야기를 들었거든요. 까마귀 왕이 훔친 마법 주문은 원래 얼음 마법사의 것이었어요. 빛의 검을 가져간 것도 얼음 마법사의 짓이었고요.

얼음 마법사는 차가운 눈초리로 테디와 캐슬린을 힐끗 보았습니다.

"그런데 너희 둘은 누구냐?"

"전 캐멀롯 왕국에서 온 테디예요. 모건 할머니의 일을 도우면서 마법 수업을 받고 있어요." 테디가 말했어요.

"그럼 넌 마법사냐?" 얼음 마법사가 물었어요.

"예, 우리 아빠도 마법사이고 엄마는 나무의 정령이죠." 테디가 대답했습니다.

"전 캐슬린이에요. 고대의 바다표범 족인 셀키랍니다." 캐슬린도 자기소개를 했어요.

"그렇다면 너희 둘은 이쪽 세상 사람들이로군. 너희는 나한테 아무 쓸모가 없다. 나는 프로그 마을에서 온 두 인간, 잭과 애니에게만 볼일이 있다." 얼음 마법사는 잭과 애니를 돌아보았어요.

"어째서 우리에게만 볼일이 있다는 거예요?" 잭이 물었습니다.

"너희가 멀린에게 해 준 일 때문이지! 너희는 멀린을 위해 회상과 상상의 물을 찾아냈고 운명의 다이아

41

몬드를 찾아냈고 빛의 검을 찾아냈다! 이제 나를 위해
서 중요한 물건을 찾아 줘야겠다."

"뭘 찾아 달라는 거예요?" 애니가 물었습니다.

얼음 마법사는 왼쪽 눈에 하고 있던 검은 안대를
손으로 잡더니 휙 벗겨 냈어요. 시커먼 눈구멍이 드러
났습니다. 눈이 있어야 할 그 자리는 움푹 패여 있을
뿐이었어요!

"으악!" 애니는 깜짝 놀랐어요.

"내 눈을 찾아와라." 얼음 마법사가 명령했어요.

"세상에!" 잭은 너무나 끔찍하다고 생각했어요.

"지, 진심이에요? 정말로 잭과 애니에게 눈을 찾아
오게 할 참이에요?" 테디가 물었습니다.

"그렇다. 잭과 애니에게 내 눈을 찾아서 가져오게
할 것이다." 얼음 마법사는 움푹 패인 눈구멍을 안대
로 다시 가리며 말했어요.

"그렇지만 어째서요? 우리가 그걸 찾아온다고 해도
우리 힘으로는 눈을 제자리에 넣을 수 없어요. 우리는

의사가 아니란 말이에요." 잭이 말했어요.

"직접 찾지 그래요? 당신은 마법사잖아요!" 애니가 물었습니다.

"잔말 말고 시키면 시키는 대로 해!" 얼음 마법사는 애니에게 소리를 버럭 질렀어요.

"내 동생한테 소리 지르지 마요!" 잭이 나섰습니다.

"너희 둘이 오누이냐?" 얼음 마법사는 텁수룩한 눈썹을 치켜떴어요.

"그래요." 잭이 대답했습니다.

"네가 동생을 지켜 주고 있구나." 얼음 마법사는 고개를 천천히 끄덕였어요. 그의 목소리가 한결 부드러워졌습니다.

"우리는 서로 지켜 주고 있어요." 잭이 말했어요.

"그렇구나……."

그러더니 얼음 마법사의 목소리는 다시 거칠어졌습니다.

"오래전에 나는 몹시 갖고 싶어 하던 것과 내 눈을

맞바꾸었다. 하지만 원하던 것을 얻지 못했어. 그러니 내 눈을 되찾아야겠다."

"누구한테 주었는데요?" 애니가 물었습니다.

"운명의 여신들! 나는 운명의 여신들과 거래했다! 하지만 그들은 날 속였어! 그래서 너희를 부른 거야. 너희는 운명의 여신들에게 가서 내 눈을 찾아와야 한다. 반드시 너희끼리만 가야 해!"

"왜 우리끼리만 가야 해요?" 잭이 물었어요.

"운명의 여신들과의 거래를 없었던 일로 할 수 있는 자는 인간뿐이니까. 너희 친구들 같은 바다표범 소녀나 마법사의 아들은 못해."

"하지만 테디와 캐슬린이나 모건 할머니하고 멀린 할아버지의 도움이 없었다면 우리는 어떤 일도 해내지 못했을 거예요." 애니가 말했습니다.

"그들이 어떤 도움을 주었느냐?"

"대개는 마법의 주문이나 수수께끼였죠."

"그렇다면 나도 그렇게 해 주지." 얼음 마법사는 잠

깐 생각에 잠겼어요. 그러더니 의자에 앉은 채 몸을
앞으로 쑥 내밀고는 시를 읊었습니다.

내 썰매를 타고 가라.
바다가 육지로 굽이쳐 들어간 곳에 있는
노르넨들의 집을 향해
너희의 길을 찾아서 가라.
그들이 달라는 것은 무엇이든 주고서
아침이 밝을 때까지
내 눈을 되찾아 오라.

얼음 마법사는 너덜너덜한 옷자락의 주름 속으로
손을 넣었어요. 그러더니 매듭이 여러 개 지어진 굵은
끈을 꺼냈습니다.
"이 바람의 끈을 가져가거라. 너희 모험이 빨리 끝
나게 해 줄 것이다." 그는 끈을 잭에게 던졌어요.
'바람의 끈이 뭐지? 노르넨은 또 누구야?' 잭은 궁

금했어요.

　잭이 미처 물어보기도 전에 얼음 마법사가 잭을 가리켰습니다.

　"이제 내 경고를 잘 들어라. 밤에 돌아다니는 흰 늑대를 조심해라. 흰 늑대들이 너희를 쫓아다닐지 모른

다. 절대로 늑대들에게 잡히지 마라. 잡히면 녀석들에
게 잡아먹히게 될 테니까!"

잭은 등줄기가 오싹했어요.

얼음 마법사는 의자 옆에 있던 나무 지팡이를 집어
들었어요. 매끈하게 깎아 윤기가 흐르는 나뭇결이 달

빛에 빛났습니다.

"멀린 할아버지가 갖고 있던 힘의 지팡이잖아!" 테디는 깜짝 놀랐어요.

"그래, 이건 바로 멀린의 것이다. 당장 가서 내 눈을 찾아오너라. 그러지 않으면 모건과 멀린을 다시는 보지 못할 것이다." 얼음 마법사는 잭과 애니를 보면서 이야기했습니다.

"두 분에게 대체 무슨 짓을 한 거예요?" 애니가 소리쳤어요.

"말해 주기 싫다. 날이 밝기 전에 내게 눈을 가져다 주어야만 그들을 다시 보게 될 것이다." 얼음 마법사는 싸늘한 눈길로 애니를 바라보았어요.

"그렇지만……." 애니는 못마땅했어요.

"잔소리 말고 썩 떠나라!"

얼음 마법사는 아무에게도 말할 틈을 주지 않고 멀린 할아버지의 지팡이를 공중에 대고서 흔들었어요. 그러고는 큰 소리로 주문을 외었어요.

"오우니흐!"

파란 빛이 지팡이 끝에서 번쩍하고 뿜어져 나왔어요. 눈 깜짝할 사이에 잭, 애니, 테디, 캐슬린은 궁전 밖으로 나와 있었어요.

궁전 밖은 한밤중이었고 온몸이 얼음 덩어리가 되어 버릴 것처럼 추웠습니다.

4. 바람의 끈

잭은 얼어붙은 땅에 주저앉았습니다. 애니, 테디, 캐슬린도 잭 옆에 앉았어요. 다들 너무 놀라 할 말을 잃어버렸지요.

쥐 죽은 듯 고요한 밤이었습니다. 보름달이 머리 위에서 밝게 빛났습니다. 별들도 맑은 하늘에서 반짝거렸습니다.

마침내 애니가 침묵을 깼습니다.

"얼음 마법사가 모건 할머니와 멀린 할아버지에게

과연 무슨 짓을 한 걸까?"

"난 너희가 대체 어디 가서 얼음 마법사의 눈동자를 찾을지 그게 걱정이다." 테디가 말했어요.

"난 그걸 어떻게 가져올지 그게 걱정이야." 잭도 말했습니다.

"난 늑대들이 이 근처에 있을까 봐 그게 걱정이고." 캐슬린은 일어서서 망토를 꽁꽁 여미며 주위를 둘러보았습니다.

"우리 중에 얼음 마법사의 수수께끼 시를 기억하는 사람 있어?" 테디가 물었어요.

"나." 캐슬린이 대답했어요.

캐슬린은 얼음 마법사의 시를 한 글자도 틀리지 않고 그대로 외었습니다.

너희의 길을 찾아서 가라.

그들이 달라는 것은 무엇이든 주고서

아침이 밝을 때까지

내 눈을 되찾아 오라.

"근데 노르넨이 누구야?" 잭이 물었어요.

"모건 할머니의 책에서 읽은 적이 있어. 노르넨은 운명을 다스리는 세 자매인데 평생 태피스트리를 짠대. 구름 뒤의 나라에 사는 모든 이들의 운명을 결정하는 태피스트리를 짜는 거지." 테디가 대답했어요.

"그럼 그 세 노르넨들이 얼음 마법사의 눈을 갖고 있는 건가? 얼음 마법사가 운명의 여신들과 거래했다고 말했잖아. 운명의 여신들이 바로 노르넨이야?" 잭이 또 물었어요.

"그런 것 같아." 테디가 말했습니다.

"얼음 마법사가 노르넨들의 집을 찾아가려면 자기 썰매를 타고 가라고 했잖아. 근데 그 썰매는 어디 있는 거지?" 애니가 말했어요.

"봐! 저기 있어." 캐슬린이 무엇인가를 가리켰어요.

"와!" 애니가 외쳤습니다.

멀지 않은 눈 더미 뒤에서 이상하게 생긴 은빛 썰매가 조용히 미끄러져 나왔어요. 썰매는 밑에 반짝이는 썰매 날이 달린 것만 빼고는 마치 조그만 돛단배 같은 모습이었습니다. 조종하는 사람도, 썰매를 끄는 말이나 순록도 없었습니다. 돛대에 매달린 하얀 돛은 힘없이 축 쳐져 있었습니다. 바람 한 점 불지 않았기 때문이었죠.

썰매가 스르르 멈춰 섰어요. 그때 섬뜩한 울부짖음 소리가 한밤중의 고요함을 갈라놓았어요.

"늑대다! 빨리 가자!" 테디가 소리쳤어요.

"뛰지 마. 우리가 뛰면 쫓아올 거야." 캐슬린은 테디의 팔을 잡았어요.

"아, 그래그래, 당연하지. 우리가 겁먹은 걸 눈치 채지 못하게 해야 해." 테디가 말했어요.

또 한 번의 울부짖음이 고요한 밤을 흔들었습니다.

"뛰어!" 테디가 소리를 버럭 질렀어요.

아이들은 눈벌판을 가로질러 썰매를 향해 갔어요. 그러고는 썰매에 허겁지겁 올라탔어요. 잭과 캐슬린이 앞에 서고 애니와 테디가 뒤에 섰습니다.

"저기 좀 봐! 얼음 마법사가 말한 흰 늑대들이야!" 테디가 외쳤습니다.

잭이 뒤를 돌아보니 커다란 흰 늑대 두 마리가 눈벌판 저편에서 달빛을 받으며 달려오고 있었습니다. 눈을 마구 흩날리면서 썰매를 향해 빠른 속도로 다가왔지요.

"가자, 빨리!" 잭이 썰매의 앞부분을 잡고서 소리 질렀어요.

하지만 썰매는 꼼짝도 하지 않았습니다. 늑대는 계속해서 다가오고 있는데 말이에요.

"어떻게 하면 썰매를 움직이지?" 잭이 다급한 마음에 큰 소리로 말했습니다.

"바람의 끈을 써 봐." 테디가 말했습니다.

잭은 얼음 마법사가 준 끈을 주머니에서 꺼냈어요.

"이걸 어떻게 써?"

"매듭을 풀어!"

잭은 장갑을 벗고서 매듭을 풀려고 애썼어요. 하지만 손이 떨려서 쉽지가 않았어요.

'말도 안 되는 짓이야! 끈의 매듭을 푼다고 무슨 도움이 되겠어?' 잭은 생각했어요. 하지만 어쨌거나 매듭 한 개가 풀렸습니다.

그러자 갑자기 썰매 뒤편에서 차가운 바람이 불기 시작했어요. 돛이 가볍게 흔들렸습니다.

"하나 더 풀어! 빨리!" 테디가 외쳤어요.

잭은 두 번째 매듭을 재빨리 풀었어요. 바람이 더 세게 불어오더니 돛이 더 많이 부풀었어요. 썰매의 빛나는 날이 눈 위에서 조금씩 미끄러지기 시작했죠.

"야호! 썰매가 움직여!" 애니가 소리쳤습니다.

"그래도 아직 바람이 모자라!" 테디가 말했어요.

잭은 뒤를 돌아보았습니다. 흰 늑대 두 마리는 썰매를 거의 따라잡았어요. 늑대들은 썰매 바로 뒤에서 컹컹 짖으며 뛰어오고 있었습니다. 늑대들의 벌어진 입 안에는 날카로운 이빨들이 나 있있어요.

잭은 세 번째 매듭을 풀었어요. 차가운 바람이 돛을 세차게 밀었습니다. 돛이 활짝 펴지더니 썰매가 앞으로 빠르게 나아가기 시작했어요!

"꽉 붙잡아!" 테디가 외쳤어요.

잭, 애니, 캐슬린은 떨어지지 않으려고 양손으로 썰매를 꼭 붙들었습니다.

테디는 키*를 잡고서 방향을 조종하며 썰매를 몰았어요. 썰매는 얼음 궁전으로부터 멀어져 갔습니다.

얼음 마법사의 썰매는 흰 늑대들을 뒤로한 채 얼어붙은 땅을 쌩하고 달려 나갔습니다. 늑대들이 짖는 소리가 점점 더 아득하게 멀어져 가더니 결국 아무런 소

---

* 키는 배의 방향을 조종하는 장치입니다. (옮긴이)

리도 들리지 않았습니다.

바람은 은빛 썰매를 계속 밀어 주었어요. 달빛이
비치는 눈벌판을 미끄러져 가는 동안 썰매 날에서는
쌩쌩 소리가 났습니다. 네모진 돛은 바람을 받아 불룩
해져서 꼭 바이킹의 배에 달린 돛처럼 보였어요. 늑대
들을 따돌리고 나자 잭은 썰매 타기가 한결 재미있어
졌습니다. 좀 춥기는 했지만 말이죠.

"매듭을 풀면 바람이 분다는 걸 어떻게 알았어?" 잭이 테디에게 물었어요.

"그건 아주 먼 옛날부터 전해오는 마법이야. 전에 책에서 바람의 끈에 대해 읽어 봤어. 하지만 직접 보기는 처음이야."

"테디가 책을 많이 읽은 덕분에 살았어." 애니가 말했습니다.

"저것 좀 봐! 눈토끼하고 은여우야!" 캐슬린이 소리쳤어요.

"어디?" 애니가 물었습니다.

"저기! 눈벌판 저쪽에서 놀고 있잖아! 잘 들어 봐! 백조의 노래도 들려. 머리 위의 저 구름 뒤에서!" 캐슬린은 저 멀리 어두운 곳을 가리켰어요.

"와!" 애니는 탄성을 질렀어요.

잭은 그토록 많은 것들을 보고 들을 수 있는 캐슬린의 능력이 정말 놀라웠어요. 잭에게는 달빛이 비치는 풍경이 그저 썰렁해 보일 뿐이었거든요.

"우리를 어디로 데려가는 거야?" 애니가 테디에게 물었어요.

"나도 몰라!" 테디가 장난스럽게 대답했습니다.

"노르넨들을 찾으려면 바다가 육지로 굽이쳐 들어간 곳으로 가야 해!" 애니가 말했어요.

"그럼 방향을 왼쪽으로 돌려서 백조들을 따라가! 백조들이 바다를 향해 날아가고 있거든!" 캐슬린이 왼쪽을 가리켰어요.

테디는 썰매의 방향을 왼쪽으로 바꿨어요. 썰매는 잠깐 동안 눈 위에서 덜컹 흔들렸지만 곧 다시 부드럽게 미끄러져 달렸어요.

"우린 지금 해빙* 위에 올라왔어! 바다표범들이 이 밑에 있어! 바다표범들의 숨구멍들이 보여! 썰매를 멈춰야 할 것 같아." 캐슬린이 말했어요.

"알았어! 근데 어떻게 멈추지?" 테디가 말했어요.

---

* 해빙은 바닷물이 얼어서 생긴 얼음입니다. (옮긴이)

썰매는 총알처럼 빠르게 달리고 있었습니다.

"매듭을 묶어!" 애니가 소리쳤어요.

"좋은 생각이야. 잭!" 테디가 잭을 불렀어요.

잭은 다시 장갑을 벗었습니다. 그러고서 부들부들 떨리는 차가운 손으로 끈에 매듭을 지었습니다. 바람이 조금 약해졌어요. 썰매도 속력이 떨어졌습니다. 잭은 매듭을 하나 더 지었어요. 부풀어 있던 돛이 조금 축 처졌어요.

"야호!" 애니가 신이 나서 소리쳤죠.

잭이 세 번째 매듭을 짓자 바람이 완전히 멎었습니다. 드디어 썰매가 스르르 멈추었어요.

"잘했어!" 테디가 말했어요.

"고마워. 근데 여기가 노르넨들이 사는 곳이 맞을까?" 잭은 끈을 다시 주머니에 넣고 주위를 살폈어요.

"내가 물어볼게." 캐슬린이 말했습니다.

'누구한테 물어본단 말이지?' 잭은 생각했어요.

썰매에서 내린 캐슬린은 해빙 위를 이리저리 살펴

며 걸어갔어요. 그러다 작은 구멍 위에서 멈추었습니다. 캐슬린은 무릎을 꿇고 셀키 말로 소곤소곤 이야기했어요. 그러고서 귀를 얼음 구멍에 갖다 대고 무엇인가를 열심히 들었죠. 잠시 후 캐슬린이 일어섰어요.

"바다표범이 그러는데, 바다가 육지로 굽이쳐 들어간 곳은 저 바위들 너머에 있대. 거기서 노르넨들을 찾을 수 있대." 캐슬린이 먼 곳을 가리키며 말했어요.

"훌륭해!" 애니가 캐슬린을 칭찬했어요.

잭, 애니, 테디, 캐슬린은 얼어붙은 바다 위에서 몸을 한껏 움츠렸습니다. 달빛이 밝았어요. 넷은 바위들 사이에 난 좁은 길로 걸어 들어갔어요. 드디어 길 끝에 다다른 아이들은 그 자리에 멈춰 섰습니다.

"저기 있다!" 테디가 말했습니다.

5미터쯤 앞에 하얗고 동그스름한 눈 무더기가 보였어요. 눈을 쌓아 만든 집이었지요. 굴뚝에서는 연기가 모락모락 피어오르고 있었습니다. 조그맣고 동그란 창으로는 깜빡이는 등잔불이 보였어요.

63

"너희 둘만이 얼음 마법사의 눈을 찾을 수 있다는 건 알지만 나도 노르넨을 한번 보고 싶은걸."

테디는 재빨리 창가로 가서는 집 안을 살폈습니다.

다른 아이들도 따라 했습니다.

화로에서는 불이 이글이글 타고 있었어요. 발그레한 화로 불빛 사이로 이상하게 생긴 세 명의 여자들이 보였어요. 그들은 커다란 베틀에 앉아서 무엇인가를 짜고 있었어요.

잭은 너무도 괴상한 그들의 모습을 보고 숨이 턱 막혔습니다.

노르넨들은 해골처럼 빼빼 마른 몸에 멋대로 헝클어진 머리, 기다란 코, 앞으로 툭 튀어나온 엄청나게 큰 눈동자를 지녔어요. 꼬부라진 앙상한 손가락은 커다란 태피스트리 위에서 바삐 움직이고 있었죠. 방 안에는 갖가지 태피스트리가 벽을 따라 천장까지 쌓여 있었습니다.

"동화 속의 마녀처럼 생겼어." 애니가 속삭였어요.

"그랬! 하지만 마녀는 아니야. 저 사람들이 짜는 천은 각각 한 사람의 삶이야." 테디가 말했어요.

"와, 신기해!" 애니가 말했습니다.

"자, 행운을 빈다. 캐슬린과 나는 너희가 안에 들어가서 얼음 마법사의 눈을 돌려 달라고 부탁하는 동안 여기 밖에서 기다릴게." 테디가 말했어요.

그때 갑자기 끔찍한 울음소리가 요란하게 울려 퍼졌어요.

"으악!" 애니가 질겁했어요.

"늑대들이야!" 캐슬린이 외쳤습니다.

"다들 들어가!" 테디는 문 쪽으로 허겁지겁 가더니 문을 벌컥 열었습니다.

네 아이들 모두가 노르넨의 집 안으로 들어가게 된 거예요.

5. 운명의 여신들

테디는 늑대들이 들어오지 못하게 문을 쾅 닫아 버렸어요. 잭은 숨을 쉴 수가 없었습니다.

"어서 오너라!" 세 노르넨들이 한목소리로 말했습니다. 그 셋은 다 똑같이 생겼는데 입고 있는 옷 색깔만 달랐습니다. 각각 파란색, 갈색 그리고 회색 옷을 입고 있었죠.

"잭, 애니, 테디, 캐슬린, 안녕들 하신가?" 파란 옷의 노르넨이 인사를 건넸어요.

"지금은 안녕해요." 애니가 대답했어요.

잭은 노르넨들이 네 아이들의 이름을 모두 아는 게 신기했어요. 그들의 생김새는 괴상했지만 다정한 미소와 반짝이는 눈을 보니 마음이 편해졌어요. 노르넨들의 아늑한 집 안에서 잭은 프로그 마을을 떠난 후 처음으로 따뜻한 기운을 느낄 수 있었습니다.

"여행은 즐거웠니?" 갈색 옷의 노르넨이 물었어요.

"예, 얼음 마법사의 썰매를 타고 왔어요." 애니가 대답했습니다.

"바람의 끈을 좀 썼죠." 테디가 덧붙였어요.

잭은 끈을 들어서 그들에게 보여 주었어요.

"그래, 우리도 그거 알아! 나는 매듭을 지은 끈을 좋아해." 회색 옷의 노르넨이 깔깔 웃으며 말했어요.

"매듭이 없는 끈은 진짜 재미없는 끈이라니까!" 파란 옷의 노르넨이 말했습니다.

"매듭이 없는 인생도 진짜 재미없는 인생이지!" 갈색 옷의 노르넨이 맞장구쳤어요.

노르넨들은 이야기를 하면서도 계속해서 베를 짰어
요. 그들의 튀어나온 눈은 한 번도 깜빡거리지 않았습
니다.

잭은 그들이 평생 눈을 감거나 일을 멈추어 본 적이 전혀 없다는 사실을 눈치 챘어요.

"귀찮게 해서 죄송한데요, 오빠하고 저는 겨울 나라 얼음 마법사의 눈이 필요해요. 그래야 모건 할머니와 멀린 할아버지를 구할 수 있거든요." 애니가 말했습니다.

"알고 있단다. 우리는 지금 그 얼음 마법사의 운명을 짜고 있거든. 와서 보련?" 파란 옷의 노르넨이 말했어요.

아이들은 베틀 쪽으로 다가갔어요. 베틀에 걸린 태피스트리에는 수십 개의 작은 그림들이 짜여 있었습니다. 실들은 모두 겨울처럼 차갑고 어두운 색이었어요. 회색, 파란색, 갈색.

"이 그림은 얼음 마법사의 인생 이야기를 담고 있단다." 갈색 옷의 노르넨이 설명해 주었어요.

두 어린이가 함께 노는 그림이 있었어요. 한 소년이 백조를 쫓아가는 그림도 있었죠. 어떤 그림에는 두 마리 흰 늑대들이 있었고 또 다른 그림에는 동그라미 안에 든 눈알이 있었습니다.

"이 눈에 대해 좀 이야기해 주세요." 잭이 부탁했습니다.

"오래전에 얼음 마법사가 우리에게 와서 세상의 모든 지혜를 달라고 했단다. 그래서 한쪽 눈을 주면 지혜를 주겠노라고 했지. 그가 그러겠다고 하더구나." 회색 옷의 노르넨이 이야기를 시작했어요.

"그 마법사, 어쩐지 별로 지혜롭지 못한 것 같아 보였어요." 애니가 말했어요.

"실제로도 지혜롭지 못하단다. 우리가 그의 가슴속에 지혜의 씨앗을 심어 주었는데도 지혜가 자라지 않았거든." 갈색 옷의 노르넨이 말했습니다.

"어째서 얼음 마법사에게 눈을 달라고 하셨어요?" 잭이 물었죠.

"서리 거인에게 주려고 그랬지." 파란 옷의 노르넨이 말했어요.

"서리 거인이라고요? 그게 누구예요?" 테디가 다시 물었습니다.

"서리 거인은 마법사도 인간도 아니란다. 그는 거치적거리는 것은 무엇이든 남겨 두지 않고 없애 버리는 자연의 눈먼 힘이지." 파란 옷의 노르넨이 알려 주었습니다.

"우리는 서리 거인이 얼음 마법사의 눈을 통해서 세상의 아름다움을 보게 되길 바랐어. 세상을 망가뜨리기보다는 아끼고 사랑하게 되라고 말이야. 하지만 안타깝게도 서리 거인은 우리의 선물을 전혀 쓰지 않았어! 오히려 그것을 우리가 두고 온 곳이 아닌 다른 곳에다 숨겨 버렸지 뭐냐!" 갈색 옷의 노르넨이 이야기했어요.

"어디에 숨겼는데요?" 애니가 물었어요.

"서리 거인은 '우묵한 언덕'이란 곳에서 잠잔단다. 꼭대기 부분이 우묵하게 패여 있는 언덕이지." 회색 옷의 노르넨이 이야기했습니다.

"우묵한 언덕 속에는 구멍이 있어." 파란 옷의 노르넨이 말했어요.

"그 구멍에는 우박이 하나 들어 있지." 갈색 옷의 노르넨이 말했어요.

"그리고 그 우박의 한가운데에 얼음 마법사의 눈이 숨겨져 있단다." 회색 옷의 노르넨이 이야기했어요.

잭은 눈을 감고서 노르넨들이 한 말을 외었어요.

우묵한 언덕 속에 구멍이 있다.

구멍 속에 우박이 하나 있다.

우박의 한가운데에

얼음 마법사의 눈이 숨겨져 있다.

"맞아! 바로 거기로 가야 해. 하지만 조심해라. 절대로 서리 거인을 똑바로 봐서는 안 돼. 서리 거인을 똑바로 본 사람은 당장 얼어붙어서 죽게 되거든." 회색 옷의 노르넨이 말했어요.

잭은 몸을 부르르 떨며 고개를 끄덕였습니다.

"저희는 이제 그만 가 봐야겠어요. 도와주셔서 고맙습니다. 그런데 얼음 마법사가 말해 준 수수께끼 시에는 노르넨들이 달라는 것은 무엇이든 드리라고 되어 있어요." 애니가 말했습니다.

노르넨들은 서로 얼굴을 보았어요.

"난 저 아이가 목에 두른 저것이 마음에 드는데." 회색 옷을 입은 노르넨이 애니의 목도리를 가리키며 다른 노르넨들에게 말했습니다.

"꼭 아침 햇살처럼 새빨간걸." 다른 두 노르넨들도 마음에 드는 듯 고개를 열심히 끄덕였어요.

"제 목도리요? 드리고말고요. 여기다 둘게요." 애니는 빨간 목도리를 목에서 풀어 베틀에서 가까운 바닥에 내려놓았습니다.

"예쁘다! 우리도 운명을 짜지 말고 목도리나 짜는 게 어떨까?" 파란 옷의 노르넨이 말했습니다.

다른 노르넨들이 킬킬 웃었습니다.

"이제 가 보아라. 북극성을 향해서 가렴. 눈 덮인 언덕들이 나오면 꼭대기가 뭉툭한 언덕을 찾아라." 회색 옷의 노르넨이 일러 주었어요.

잭과 애니 그리고 테디는 문을 향해서 발걸음을 옮겼어요. 하지만 캐슬린은 움직이지 않고 가만히 있었습니다.

"저기, 자꾸만 귀찮게 해서 죄송하지만 여쭤 볼 것이 하나 더 있어요. 이 그림은 무슨 이야기를 담고 있어요?" 캐슬린은 태피스트리에 그려진 백조와 소년을 가리켰습니다.

"슬픈 이야기지. 얼음 마법사에게는 오빠를 세상 그 누구보다도 사랑하는 여동생이 있었단다. 그런데 어느 날 둘은 정말 별 것 아닌 일로 다투었어. 성난 얼음 마법사는 동생한테 다시는 자기 근처에도 얼씬거리지 말라고 소리쳐 버렸지. 동생은 울면서 바다로 달려갔어. 거기서 한 무리의 백조 처녀들을 만났단다. 백조 처녀들은 동생에게 흰 깃털로 된 드레스를 주었고 동생은 그 드레스를 입고서 자기도 백조 처녀가 되었지. 동생은 다른 백조 처녀들을 따라 날아가 버린 후 다신 돌아오지 않았단다." 회색 옷의 노르넨이 이야기를 들려주었습니다.

"여동생이 떠난 후로 얼음 마법사는 아주 딴사람이 되어 버렸지. 그는 점점 더 매몰차고 고약하게 변했어. 여동생이 날아가면서 그의 심장을 가져가기라도 한 것처럼 말이야." 파란 옷의 노르넨이 나머지 이야기를 전해 주었어요.

"정말 슬픈 이야기네요. 그럼 얼음 마법사의 이야기는 어떻게 끝나요?" 애니가 물었습니다.

"앞으로 어떤 그림을 짤지는 우리가 아니라 너희가 결정하게 될 거야." 갈색 옷의 노르넨이 말했습니다.

"저희들이요?" 애니가 물었어요.

"그래. 우리 힘은 약해지고 있어. 계획을 짜 봤자 우리가 기대했던 대로 잘 되지가 않아. 얼음 마법사는 지혜가 없고 서리 거인은 눈에 뵈는 게 없어! 너희가 가서 부디 이 이야기를 마무리 지어 주려무나." 회색 옷의 노르넨이 말했습니다.

세 노르넨들은 아이들을 보며 미소를 지었어요. 그러는 동안에도 깡마른 손가락들이 꽃밭 위를 날아다니는 나비들처럼 베틀 위에서 날아다녔습니다.

잭은 그들을 바라보며 자기도 모르게 미소를 지었어요. 하지만 곧 모건 할머니와 멀린 할아버지가 생각났지요. 밖에 도사리고 있을 온갖 위험들도 떠올랐습니다.

"한 가지만 더 여쭤 볼게요. 두 마리 흰 늑대들의 이야기는 어떻게 되나요?" 잭이 물었습니다.

"오호, 그 늑대들! 무서워할 것 없어! 늑대가 없는 인생은 참으로 따분한 인생이니까!" 파란 옷의 노르넨이 말했습니다.

다른 두 노르넨들도 같은 생각이라는 듯 빙긋 웃었습니다. 잭은 그들의 웃음을 보고 흰 늑대에 대한 두려움을 잠깐이나마 날려 버렸어요. 얼음 마법사와 서리 거인에 대한 두려움까지도요.

"잘 가거라! 잘 가거라! 잘 가거라!"세 노르넨들이
인사했습니다.

아이들도 손을 흔들며 작별 인사를 했어요. 그런
다음 깜깜한 밖으로 나갔죠. 바깥 공기는 얼음처럼 차
가웠습니다.

6. 우묵한 언덕

추위 속으로 나서자 잭은 다시 겁이 더럭 났습니
다. 집 주변에 쌓인 눈 위에 커다란 짐승 발자국이 달
빛을 받아 드러났거든요.

"흰 늑대들이 여기까지 따라온 거야." 캐슬린이 말
했어요.

"다시 안으로 들어가는 게 좋겠어." 테디가 말했습
니다.

"아니야, 다 함께 썰매로 가야 해. 잭이랑 애니가

우묵한 언덕을 향해 출발하게 해 줘야지." 캐슬린이
말했습니다.

"하긴 당연히 그래야겠지?" 테디는 고개를 끄덕였
습니다.

네 아이들은 바위들 쪽으로 조심조심 향했어요. 잭
은 노르넨들의 집을 힐끗 돌아보았습니다. 잭은 그 따
뜻하고 아늑한 곳으로 다시 돌아갈 수 있으면 참 좋겠
다고 생각했지요.

"가자. 서둘러야 해." 캐슬린이 잭의 어깨에 손을
얹고 말했어요.

아이들은 바위들 사이로 난 길을 따라 터덜터덜 걸
어갔습니다. 건너편에 도착해 보니 그곳에는 늑대 발
자국이 없었어요. 은빛 썰매가 달빛 속에서 기다리고
있을 뿐이었지요. 잭과 애니는 썰매에 올라탔어요.

"너희도 우리랑 같이 가면 안 돼? 우리가 다 함께
힘을 합치면 못할 게 없다고 했잖아?" 잭이 테디와 캐
슬린에게 물었습니다.

"그래! 하지만 얼음 마법사 말이 맞아. 인간만이 운명의 여신들과 한 거래를 취소할 수 있어." 테디가 대답했어요.

"겁내지 마. 우리는 너희 마음속에 함께 있을 거야. 그리고 새벽에 얼음 마법사의 궁전에서 다시 만날 텐데 뭘." 캐슬린이 잭을 달랬어요.

"거기까지는 어떻게 가려고?" 애니가 물었습니다.

"쓸 만한 주문을 몇 가지 알고 있어." 테디가 씩 웃었어요.

"그리고 내게는 셀키의 마법이 있잖아." 캐슬린도 말했죠.

"그리고 우리한테는 바람의 끈이 있고!" 애니가 말했습니다.

"그럼 어서 우묵한 언덕으로 가!" 캐슬린이 재촉했습니다.

"노르넨들이 해 준 말을 잊지 마. 절대로 서리 거인을 똑바로 보면 안 돼." 테디가 당부했어요.

"알아."

잭은 바람의 끈을 꺼내어 장갑을 벗고 매듭을 하나 풀었어요. 바람이 불기 시작했습니다.

색은 두 번째 매듭을 풀었어요. 바람이 점차 거세 지더니 돛이 펄럭이면서 썰매의 날이 앞으로 미끄러 졌어요.

잭은 세 번째 매듭까지 풀었습니다. 바람이 더 강 해졌어요. 흰 돛이 쫙 펴지며 썰매는 밤의 어둠 속으 로 출발했습니다.

"꽉 붙잡아!" 테디가 뒤에서 소리쳤어요.

잭과 애니는 테디와 캐슬린에게 손을 흔들어 주었 어요. 그사이 썰매는 해빙 위를 쌩하고 질주했습니다. 눈으로 덮인 벌판에 다다른 썰매는 그만 오른쪽으로 방향이 휙 바뀌었어요.

"안 돼, 북극성을 향해서 가야지!" 잭이 애니에게 외쳤어요.

애니는 키를 조종해서 썰매를 원래 가던 방향으로

다시 돌려놓았습니다. 잭과 애니는 밝게 빛나는 북극성을 향해서 달려갔어요.

바람이 휩쓸고 지나간 눈벌판 위를 은빛 썰매가 쌩쌩 가로질러 가는 동안 잭은 추위를 견디려고 이를 악물었습니다.

잭은 흰 늑대들을 계속 찾아보았어요. 하지만 달빛이 비치는 눈벌판에서 늑대들의 모습은 전혀 보이지 않았어요.

곧 저 멀리 눈으로 덮인 언덕들이 죽 늘어서 있는 것이 보였어요.

"봐! 저기 있다!" 잭은 언덕들 가운데 하나를 가리켰어요. 딱 한 언덕만 꼭대기가 뭉툭했지요.

"매듭을 묶어!" 애니가 소리쳤습니다.

잭은 끈의 매듭을 묶었습니다. 그러자 썰매가 속도를 줄이기 시작했습니다. 두 번째 매듭을 짓고 세 번째 매듭을 짓자 바람이 완전히 멎었어요. 썰매는 우묵한 언덕 바로 밑에 멈추었습니다. 잭과 애니는 썰매에서 내렸어요.

"어떻게 안으로 들어가지?" 잭은 가파른 언덕길을 올려다보았어요.

"그러게 말이야. 서리 거인은 어떻게 안으로 들어갈까?" 애니가 물었습니다.

"아…… 서리 거인……." 잭은 테디와 캐슬린이 함께 있었더라면 하는 마음이 간절했어요. 잭은 자기 편을 잃어버린 듯 허전했습니다.

"우린 할 수 있어. 모건 할머니와 멀린 할아버지를 위해서 꼭 해내야 해." 애니가 잭의 마음을 읽은 듯 힘을 북돋아 주었습니다.

"네 말이 맞아." 잭은 고개를 끄덕였어요.

잭과 애니는 달빛 속에 서 있는 우묵한 언덕을 찬찬히 살펴보았습니다.

"저 언덕 중턱에 틈이 있는 게 아닐까?" 애니가 말했습니다.

"그런 것 같아. 올라가 보자." 잭이 대답했습니다.

둘이 언덕을 조금 올라가다 보니 눈 덮인 언덕길에 조그만 틈이 보였어요.

"저 틈을 통해 안으로 들어갈 수 있나 살펴보자!" 애니가 말했어요.

"안 돼, 기다려. 서리 거인은 어떡하고?" 잭은 망설였습니다.

"내 느낌이 맞다면 서리 거인은 지금 여기 없어. 서리 거인이 돌아오기 전에 안에 들어가서 얼음 마법사의 눈을 찾아내자."

"좋아. 하지만 조심해야 해!"

둘은 가파른 언덕길을 종종걸음으로 올라갔어요. 언덕에 난 틈에 도착한 잭과 애니는 그 속으로 들어갔습니다.

들어가 보니 잭과 애니가 밟고 서 있는 바위 아래쪽에 깊고 둥그런 구덩이가 패여 있었습니다. 뚫려 있는 언덕 꼭대기를 통해서 달빛이 들어왔어요. 구덩이 밑바닥은 편편했어요. 그곳에는 함박눈이 큰 원을 그

리며 내려앉은 자국이 남아 있었어요.

　"저기가 거인이 잠자는 곳인가 봐!" 애니가 말했습니다.

　"그래. 아마 저기에 눈동자를 숨겼을 거야. 우린 구멍을 찾아야 해. 기억 나?"

　잭은 노르넨들의 말을 되풀이했습니다.

우묵한 언덕 속에 구멍이 있다.

구멍 속에 우박이 하나 있다.

우박의 한가운데에

얼음 마법사의 눈이 숨겨져 있다.

"맞아." 애니가 말했어요.

잭은 구덩이를 내려다보았습니다. 그러고는 애니를 돌아보았죠.

"앞으로 갓?"

"앞으로 갓." 애니가 속삭였어요.

잭과 애니는 구덩이 속으로 내려갔습니다. 둘은 달빛에 의지해 한 걸음 한 걸음 조심스럽게 내딛으면서 구멍을 찾기 위해 바닥을 열심히 살폈어요.

그러다 애니가 발을 헛디뎌 넘어졌습니다.

"와! 나 방금 구멍을 찾았어! 내 발이 구멍에 빠졌거든!" 애니가 말했어요.

"그래?" 잭은 애니 옆에 쪼그리고 앉았어요.

애니는 구덩이 밑바닥에 난 작은 구멍에 손을 넣었습니다.

"여기 이 안에 뭐가 있어! 우박이야!" 애니는 달걀만한 크기의 얼음덩이를 꺼냈어요.

달빛이 희미해서 얼음덩이 안에 무엇이 들었는지는 보이지 않았어요.

"이게 바로 그 우박인지는 잘 모르겠는데. 이 안에 얼음 마법사의 눈이 들었는지 확인하려면 아침이 올 때까지 기다려야겠어." 잭이 말했습니다.

"이게 맞을 거야. 이런 언덕 속의 구멍에 숨겨진 우박이 세상에 몇 개나 있겠어?" 애니가 고집을 부렸습니다.

"하긴 그래." 잭이 대답했어요.

"눈이 우리를 보고 있을지도 몰라." 애니는 손에 우박을 올려놓고 뒤집어 봤어요.

"그건 과학적으로 불가능해. 눈은 뇌하고 연결되어 있지 않으면 앞을 볼 수 없거든." 잭이 말했어요.

"그야 그렇지만 과학적으로 따지면 끈 하나로 바람이 불게 만들 수도 없잖아. 여기서 과학 같은 것은 잊어버려. 앗, 잠깐! 오빠도 느꼈어?" 애니가 숨을 죽였습니다.

"뭘 느껴?" 잭이 물었어요.

"땅이 흔들려." 애니가 말했습니다.

그러고 보니 정말로 땅이 울리고 있었어요. 이상한 소리도 들렸습니다. 언덕 밖에서 엄청나게 큰 소리가 들려왔어요.

"허푸, 허푸, 허푸……." 꼭 숨소리 같았어요!

"서리 거인이 돌아오나 봐!" 애니가 말했어요.

"큰일이다!" 잭이 소리쳤어요.

땅은 계속해서 들썩거렸습니다. 숨소리도 점점 더 커졌어요.

"우박을 감춰!" 잭이 다급히 소리쳤어요.

애니는 우박을 주머니에 쑤셔 넣었어요.

"허푸, 허푸, 허푸……." 서리 거인이 구덩이 안

으로 들어오는 것 같은 소리가 났어요!

"오고 있어!" 애니가 말했습니다.

"숨어!" 잭이 속삭였어요.

잭은 애니를 그늘진 곳으로 데려갔어요. 잭은 회색 옷을 입은 노르넨의 경고를 떠올렸습니다. '절대로 서리 거인을 똑바로 봐서는 안 돼. 서리 거인을 똑바로 본 사람은 당장 얼어붙어서 죽게 되거든.'

"조심해. 무슨 일이 있어도 서리 거인을 똑바로 보지 마!" 잭은 애니에게 속삭였습니다.

잭과 애니는 어둠 속에 쪼그리고 앉아서 양손으로 얼굴을 가렸어요.

7. 무시무시한 서리 거인

"허푸, 허푸, 허푸……." 서리 거인이 숨을 쉴 때
마다 차가운 바람이 구덩이 안을 한바탕 휩쓸고 지나
갔어요.

잭은 덜덜 떨었어요. 뼛속까지 얼어붙을 것 같았습
니다.

"허푸, 허푸, 허푸……." 거인의 숨소리가 점차 커
지고 거칠어졌습니다.

잭은 얼음장같이 차갑고 축축한 바람이 몸을 때리

94

는 동안에도 두 눈을 질끈 감고 있었어요.

"허푸, 허푸, 허푸⋯⋯."

잭은 몸을 더 움츠리며 애니에게 바짝 달라붙었습니다.

"허푸, 허푸, 허푸⋯⋯." 거인의 숨소리는 꼭 수백 명의 유령들이 구덩이 속에다 대고 웅웅거리는 소리처럼 울려 퍼졌습니다.

잭은 파란 옷의 노르넨이 한 말을 떠올렸어요. '거치적거리는 것은 무엇이든 남겨 두지 않고 없애 버리는 자연의 눈먼 힘이지.'

그런데 그때 거인의 숨소리가 조금 누그러지는 느낌이 들었어요.

'무슨 일일까?' 잭은 궁금했어요.

숨소리는 조금씩 조금씩 더 누그러졌어요.

"아마 이제 잠자려나 봐." 애니가 속삭였습니다.

숨소리가 완전히 가라앉더니 고르게 변했어요. 바람은 가벼운 산들바람 정도로 약해졌습니다.

"서리 거인이 잠든 것 같아. 이 틈에 몰래 빠져나가 자." 애니가 소근소근 말했어요.

"좋아. 하지만 거인을 봐서 안 돼. 땅만 보면서 나가야 해!" 잭이 속삭였어요.

"알았어." 애니도 속삭였습니다.

잭과 애니는 고개를 푹 숙인 채 구덩이 바닥을 조심스레 가로질러 갔어요. 그리고 언덕 밖으로 이어진 틈을 향해서 기어 올라가기 시작했어요. 잭은 이가 딱딱 부딪쳤어요. 추워서 그런 것인지 무서워서 그런 것인지 알 수가 없었죠.

그때 갑자기 귀가 멍멍할 정도로 엄청난 소리가 어둠을 뒤흔들었습니다! 서리 거인이 폭풍처럼 거센 바람을 뿜으며 소리를 지르고 있었어요! 잠에서 깨어난 거예요!

잭은 바람에 날려서 땅에 내동댕이쳐졌어요. 잭은 눈을 헤치고 기어가려고 했지만 어디로 가야 할지 몰랐어요. 고개를 들기는 더욱 무서웠죠.

"오빠, 이쪽이야!" 애니의 목소리가 거인의 울부짖음 사이로 들려왔어요.

애니는 잭을 일으켜 주었어요. 둘은 맞바람을 맞으며 간신히 조금씩 나아갔어요. 그리고 마침내 언덕에 난 틈에 다다랐죠.

잭과 애니는 틈을 비집고 밖으로 빠져나갔습니다. 하지만 그만 거센 바람을 맞고 쓰러졌어요. 둘은 언덕 아래로 데굴데굴 굴러 내려갔어요. 눈벌판에 바람이 불어서 눈이 회오리를 일으키며 날렸습니다.

"애니! 애니!" 잭이 소리쳤어요.

'애니는 어디 있지? 썰매는 어디 갔을까?' 잭은 아무것도 보이지 않았어요. 두 발로 땅을 디디고 서 있기조차 힘들었습니다.

바람이 더 거칠게 몰아쳤어요. 눈사태가 일어나 언덕 위에서 눈이 무너져 내리기 시작했어요. 눈 더미가 바닥으로 쏟아지면서 엄청난 눈구름이 뭉게뭉게 피어올랐습니다.

97

"오빠! 오빠!"요란한 바람 소리 사이로 애니의 목소리가 멀리서 들렸어요.

그러나 잭이 몸을 일으키려는데 눈이 자꾸 쏟아져서 잭을 완전히 뒤덮어 버리고 말았어요.

눈에 파묻힌 잭은 온몸의 힘이 쭉 빠져 버렸습니다. 눈을 헤치고 밖으로 나가야 살 수 있다는 것을 알고 있었지만 너무 춥고 너무 지쳐 있었어요. 잭은 애니를 찾을 기운조차 없었습니다. 몸이 피곤해서 서리 거인과 싸울 힘도 남아 있지 않았어요. 그래서 잭은 눈을 감고 얼음장 같은 잠에 빠져들었어요.

잭은 차가운 털이 자기 얼굴을 스치는 꿈을 꾸었어요. 늑대 한 마리가 잭을 눈 속에서 파내어 툭툭 치고 밀고 냄새를 맡는 꿈이었어요.

잭은 눈을 떴습니다. 눈이 부셔서 처음에는 아무것도 보이지 않았어요. 하지만 눈 속에 파묻혀 있지는 않은 것 같았어요. 잭은 안경을 닦았습니다. 맑은 하늘에 낮게 걸린 달과 별이 눈에 들어왔어요.

'서리 거인이 가 버렸나 봐.' 잭은 생각했어요.

그때 헐떡거리는 소리가 들려왔어요. 잭은 몸을 일으켜 앉아서 주위를 둘러보았습니다. 흰 늑대 한 마리가 바로 뒤에 쪼그리고 앉아 있었어요!

"저리 가!" 잭은 벌떡 일어나 비명을 질렀습니다.

늑대는 뒤로 물러나며 으르렁거렸어요.

"가! 가란 말이야!" 잭이 소리쳤어요.

잭은 눈을 한 움큼 집어서 늑대를 향해 던졌어요.

늑대는 몇 걸음 더 물러났습니다. 잭은 주위를 정신없이 둘러보았어요. 애니가 경사진 눈 더미 위에 누워 있었어요. 또 다른 흰 늑대가 애니의 냄새를 맡으며 앞발로 애니를 건드리고 있었어요.

잭은 화가 나서 무서움도 다 잊어버렸습니다.

"내 동생 건드리지 마! 저리 가!" 잭은 또다시 눈을 한 움큼 떠서 늑대에게 던졌어요.

그 늑대도 뒤로 물러났습니다.

"가! 저리 가! 물러가! 썩 꺼지란 말이야!" 잭은 성

난 눈으로 두 늑대들을 노려보았어요.

늑대들도 잭을 쳐다보았어요. 누런 눈이 번뜩였습니다.

"꺼지지 않으면 가만두지 않겠어!" 잭이 다시 소리쳤어요.

잭은 늑대들을 매섭게 노려보았어요. 마침내 늑대들이 고개를 돌렸습니다. 늑대들은 서로 힐끔거리더니 슬금슬금 뒷걸음질을 쳤어요. 둘은 잭과 애니를 마지막으로 한 번 더 바라보았어요. 그러더니 돌아서서 눈벌판을 총총 걸어갔습니다.

잭은 애니에게 달려갔어요. 그러고는 애니 옆에 무릎을 꿇고 앉아서 애니의 머리를 안았어요.

"애니, 눈 좀 떠 봐! 눈 좀 떠!" 잭이 말했어요.

애니가 눈을 떴습니다.

"괜찮니?" 잭이 물었어요.

"응……. 나 꿈에서 흰 늑대를 봤어." 애니가 중얼거렸습니다.

"나도! 그런데 눈을 떠 보니까 늑대들이 바로 여기 있었어! 우리를 막 잡아먹으려고 하더라고!" 잭이 말했습니다.

"그랬어?" 애니는 일어나 앉아서 주위를 둘러보았어요.

"하지만 내가 겁줘서 쫓아 버렸어."

"서리 거인은?" 애니가 물었죠.

"서리 거인도 갔어. 자, 일어나. 어서 여기서 벗어나야지. 얼음 마법사의 눈은 네가 갖고 있지?" 잭은 애니를 눈 속에서 일으켰어요.

"응." 애니가 주머니를 만지며 대답했습니다.

"좋았어." 잭은 주위를 둘러보았어요.

무너져 내린 눈 더미 너머로 은빛 썰매가 잭과 애니를 기다리고 있었어요. 머리 위의 하늘은 흐릿한 회색을 띠고 있었습니다.

"이제 새벽이 다 됐어. 얼음 마법사가 한 말 기억하지? 아침이 밝기 전에 눈을 가져와야 한다고 했잖아.

안 그러면 모건 할머니랑 멀린 할아버지를 다시는 못 보게 될 거라고 말이야!" 잭이 말했어요.

잭과 애니는 손을 잡고 함께 눈을 헤치며 나아갔어요. 드디어 썰매가 있는 곳에 이른 둘은 썰매에 올라탔습니다. 애니가 썰매의 키를 잡았고 잭은 바람의 끈을 꺼내어 매듭을 풀었습니다.

바람이 썰매를 흔들었어요. 잭은 두 번째 매듭을 풀었어요. 그러자 돛이 불룩해졌습니다. 잭은 세 번째 매듭도 풀었어요. 은빛 썰매가 하얀 눈벌판 위를 미끄러져 앞으로 움직였어요.

썰매는 눈이 두툼하게 쌓인 벌판을 쌩쌩 가로질러서 우묵한 언덕으로부터 멀어졌습니다. 썰매가 눈벌판 위를 달려가는 동안 하늘은 회색에서 연분홍색으로 변했어요.

"더 빨리 달려야 해!" 애니가 말했어요.

잭은 네 번째 매듭을 풀었습니다. 바람이 귓가에서 윙윙거렸어요. 썰매는 더욱 속력을 내었습니다.

애니는 썰매가 바위들을 지나고 해빙 위를 지나가 도록 방향을 잡았습니다. 썰매에 탄 잭과 애니는 얼음 마법사의 궁전이 있는 남쪽을 향해 달리고 또 달렸습 니다.

썰매가 궁전에 가까이 다다르자 잭은 매듭을 하나 묶었어요. 그러자 썰매의 속도가 떨어졌습니다. 잭은 세 개의 매듭을 더 지었어요. 썰매는 이제 완전히 멈 추었습니다.

잭과 애니는 주위를 둘러보았어요. 희미하고 차가 운 새벽빛만이 감돌았어요.

"테디하고 캐슬린은 어디 있는 걸까? 새벽에 여기 서 만나자고 했는데." 애니는 궁금했어요.

잭은 드넓은 하얀 눈벌판을 찬찬히 둘러보았어요. 하지만 친구들의 모습은 보이지 않았습니다. 잭은 자 기도 캐슬린처럼 눈이 아주 밝았으면 좋겠다고 생각 했습니다.

"둘 다 별 일 없었으면 좋겠다. 흰 늑대들을 만나지

않아야 하는데." 잭이 말했어요.

"늑대들이 테디와 캐슬린을 해치지는 않을 것 같아. 내 꿈속에 나온 늑대는 착했거든." 애니가 말했습니다.

"꿈속의 늑대는 실제 늑대하고 달라."

"기다릴 시간이 없어. 해가 뜨기 전까지 눈을 돌려줘야 하잖아." 애니가 재촉했어요.

"맞다! 우박 안에 얼음 마법사의 눈이 있는지 확인해 보지도 않았잖아!" 잭이 말했어요.

애니는 주머니에 손을 넣어서 우박을 꺼냈습니다.

잭은 애니가 손에 든 우박을 보고 숨을 헉 들이마셨습니다. 얼음 덩어리 안에서 커다란 구슬만 한 눈알 하나가 잭을 빤히 쳐다보고 있었거든요. 눈알 한가운데에는 밝게 빛나는 파란 눈동자가 있었고 가장자리는 하얀색이었습니다.

"세상에!" 잭이 감탄했습니다.

"아름답다. 그렇지?" 애니가 말했어요.

"글쎄, 난 잘 모르겠는걸." 잭은 속이 조금 불편했습니다. 사람의 머리 밖으로 나와 있는 눈알이 너무나 괴상하게 느껴졌거든요.

"이제 그만 치워." 잭이 말했어요.

애니는 우박을 주머니에 도로 넣었어요. 잭은 다시
주위를 둘러보았습니다. 연분홍색이던 하늘이 빨갛게
변해 있었어요. 한 줄기 햇살이 지평선 위로 올라오기
시작했습니다.

"해가 뜬다! 빨리 가자!" 잭이 소리쳤어요.

잭과 애니는 썰매에서 뛰어내려 궁전을 향해 달려 갔습니다.

입구에 도착했을 때 애니가 갑자기 우뚝 멈춰 섰어요. 애니는 눈 위에 찍힌 짐승 발자국을 가리켰어요.

"봐! 늑대 발자국이야!"

"큰일이다! 흰 늑대들이 안에 있는 게 아닐까? 참 이상하네!" 잭이 말했어요.

"늑대들이 있건 말건 어쨌든 우린 안으로 들어가야 해! 어서!"

잭과 애니는 서둘러 궁전 안으로 뛰어 들어갔습니다. 그때 시뻘건 불덩이 같은 태양이 지평선 위로 막 떠올랐습니다.

8. 되찾은 눈

궁전으로 들어간 잭과 애니는 기둥들을 지나 얼음 마법사가 있는 방으로 들어갔습니다. 벽과 바닥이 아침 햇살을 받아 찬란하지만 싸늘하게 빛났습니다.

"어, 저건!" 잭이 외쳤어요.

얼음 마법사는 잭과 애니를 기다리고 있었어요. 그런데 얼음 마법사의 의자 양옆에 흰 늑대 두 마리가 잠자고 있는 것이었어요! 잭은 머리가 어지러웠어요.

'어째서 저 늑대들이 여기 있지? 얼음 마법사의 늑

대들인가?

늑대들이 잠에서 깨어나 고개를 들더니 냄새를 킁킁 맡았습니다. 늑대들의 귀가 쫑긋해졌어요. 늑대들은 잭과 애니를 보자 벌떡 일어났습니다. 그리고 누런 눈을 부라리며 잭과 애니를 바라보았어요.

얼음 마법사는 잭과 애니를 빤히 보았습니다.

"그래, 내 눈을 가져왔느냐?"

"예." 잭이 대답했어요.

애니가 주머니에서 우박을 꺼내어 얼음 마법사에게 건네주었어요. 우박이 애니의 자그마한 손에서 얼음 마법사의 크고 거친 손으로 옮겨 가는 동안 잭은 불안한 눈길로 늑대들을 지켜보았습니다.

얼음 마법사는 우박을 지그시 바라보았어요. 그러더니 감격에 겨워 잭과 애니를 보고 말했죠.

"너희는 정말 영웅이구나."

"뭘요." 잭은 중얼거렸습니다.

얼음 마법사는 우박 속의 눈을 다시 바라보았어요.

그러더니 갑자기 의자 팔걸이에 우박을 내리쳤어요.

잭과 애니는 놀라서 뒤로 물러섰습니다. 얼음 마법사는 우박을 다시 내리쳤어요. 우박은 금이 가더니 깨졌습니다.

얼음 마법사는 우박 속에 든 눈을 조심스럽게 꺼냈습니다. 그러고는 얼어붙은 눈을 공중에 들어서 빛에 비추어 보았어요. 얼음 마법사는 기쁨에 울부짖으며 안대를 떼어 내더니 눈을 빈 눈구멍에 맞추어 넣었습니다.

잭과 애니는 입을 딱 벌린 채 그 모습을 빤히 지켜보았습니다. 잭은 숨을 죽였어요. 한편으로는 무섭고 한편으로는 신기했죠. 눈을 꺼냈다 넣을 수 있다니. 잭은 상상조차 할 수 없는 일이었어요.

얼음 마법사는 고개를 천천히 내렸어요. 그는 숨을 죽이고 있는 듯했어요. 이제 눈이 두 개가 되었습니다. 하지만 새로 낀 눈은 움직이지 않았어요. 아직도 얼어 있는 것 같았죠.

잭은 무척 걱정되었어요. 눈이 제대로 보이지 않으면 얼음 마법사가 약속을 지키지 않을 테니까요.

"약속대로 눈을 가져왔으니까 모건 할머니와 멀린 할아버지가 지금 어디 있는지 알려 줘요!" 잭이 말했습니다.

얼음 마법사는 고개를 번쩍 들어서 잭과 애니를 바라보았어요. 그러더니 손으로 한쪽 눈을 가렸습니다. 그다음에는 다른 쪽 눈을 가렸어요. 얼음 마법사는 성난 표정으로 양쪽 눈을 번갈아 가리며 안절부절못했습니다.

"안 돼! 너희는 나를 속였어!" 마침내 얼음 마법사가 손을 내리더니 고함을 쳤습니다. 얼음 마법사가 울부짖는 소리가 얼음 기둥을 뒤흔들었습니다.

"아니에요, 우린 속인 거 없어요!" 애니가 대답했습니다.

"이 눈은 쓸모없어! 살아 있지 않단 말이다! 아무것도 보이지 않아!" 얼음 마법사는 고래고래 소리를 질렀습니다.

"하지만 그건 당신이 노르넨들에게 주었던 바로 그 눈이라고요! 눈을 가져오면 모건 할머니하고 멀린 할아버지를 돌려준다고 했잖아요!" 애니가 따지고 들었습니다.

두 마리 흰 늑대들이 고개를 뒤로 젖히고는 길고 긴 울음을 토해 냈어요.

"안 돼! 너희는 나를 속였어! 나를 속였다고!" 얼음 마법사는 계속 소리를 질러 댔습니다.

"여기서 나가자." 잭은 이렇게 속삭이며 애니를 얼음 기둥 쪽으로 잡아끌었어요.

"거기 서! 가긴 어딜 가!"

얼음 마법사는 멀린 할아버지의 지팡이를 잡았습니다. 늑대들이 으르렁거리며 컹컹 짖어 댔습니다. 얼음 마법사는 지팡이로 잭과 애니를 가리켰어요. 그리고 주문을 외기 시작했습니다.

"로…… 이이…….."

"잠깐! 멈춰요, 멈춰!" 그때 누군가 소리쳤어요. 테디가 방 안으로 뛰어 들어온 것이었어요.

얼음 마법사는 지팡이를 공중에 쳐들고는 성난 표정으로 테디를 노려보았어요. 얼음 마법사의 얼굴은 분노로 온통 일그러져 있었습니다.

"만나게 해 줄 사람이 있어요!" 테디가 얼음 마법사에게 외쳤어요.

"캐슬린!" 테디가 소리쳐 부르자 캐슬린이 얼음 기둥 뒤에서 걸어 나왔어요.

캐슬린 옆에는 머리를 길게 땋아 늘어뜨린 젊은 여인이 있었어요. 그 여인은 치렁치렁한 드레스를 입고 어깨에는 흰 깃털 망토를 두르고 있었죠. 얼음 마법사를 발견한 여인의 얼굴에서 눈부신 미소가 피어났습니다. 그녀는 얼음 마법사를 향해 천천히 걸어갔어요.

얼음 마법사는 지팡이를 내려놓고서 그 젊은 여인

을 넋을 잃고 바라보았어요. 그는 얼굴빛이 창백해졌고 한동안 동상처럼 꼼짝하지 않았어요. 그러더니 얼음 같은 파란 눈물이 얼어붙은 눈에서 흘러나와 얼음 마법사의 새하얀 볼을 타고 내려갔어요.

잭과 애니는 캐슬린, 테디와 함께 서 있었습니다. 네 아이들은 젊은 여인과 얼음 마법사가 서로 아무 말

없이 바라보고 있는 모습을 함께 지켜보았어요.

"저 사람이 얼음 마법사의 여동생이니? 그 백조 처녀야?" 애니가 소곤소곤 물었습니다.

"응." 캐슬린이 작은 소리로 대답해 주었어요.

"발이벤오완." 백조 처녀는 이상한 말로 얼음 마법사에게 말했어요.

얼음 마법사는 대답하지 않았어요. 그저 눈물만 흘릴 뿐이었죠.

"발이벤오완." 백조 처녀가 다시 말했어요.

"뭐라고 하는 거야?" 잭이 물었어요.

"오빠를 용서하러 왔다고 말하고 있어." 캐슬린이 설명해 주었어요.

얼음 마법사가 의자에서 일어나 계단을 내려왔습니다. 그는 꿈인지 현실인지 알아보려는 듯 백조 처녀의 얼굴을 살며시 어루만졌어요. 그러더니 역시 이상한 말로 다정하게 대답했습니다.

"펠오완."

"어디서 찾았어?" 잭이 테디에게 물었어요.

"바다표범을 따라 얼음 밑으로 헤엄쳐서 백조들의 섬으로 갔지." 테디가 설명해 주었어요.

"얼음 마법사의 동생을 찾아내서 그가 동생을 무척 그리워한다고 말해 주었어. 그리고 너희에 대한 이야기도 했지. 너희 오누이가 서로를 얼마나 위하는지 말이야. 오빠에게 돌아가서 다시 사이좋게 지내야 한다고 설득했어." 캐슬린이 말했습니다.

얼음 마법사는 여동생과 이상한 말로 오순도순 이야기를 나누었어요. 따뜻한 햇살이 궁전의 창문으로 비춰 들어왔습니다.

"저기, 방해해서 죄송한데요……." 애니가 앞으로 나섰어요.

얼음 마법사가 애니를 보았어요.

"내 여동생이 돌아왔다. 이제 두 눈이 다 보여. 아주 잘 보여." 그는 놀라움에 차서 이야기했어요.

"다행이네요. 그럼 이제 모건 할머니와 멀린 할아

버지를 돌려주세요." 애니가 말했어요.

얼음 마법사는 여동생을 바라보았어요. 그녀는 고개를 끄덕였습니다. 얼음 마법사는 멀린 할아버지의 지팡이를 번쩍 들었어요.

"이것으로 그들을 불러라. 꼭 붙들고 그들의 이름을 부르면 된다." 얼음 마법사는 지팡이를 애니에게 주었습니다.

"오빠, 같이 들자." 애니는 그 무거운 지팡이를 혼자 힘으로는 도저히 들 수가 없었어요.

잭은 앞으로 나서서 지팡이를 붙들었어요. 부드럽고 따뜻한 금빛 나무의 감촉이 손끝에 생생하게 전해졌어요. 둘이 지팡이를 함께 잡자 애니가 고개를 번쩍 들고서 소리쳤습니다.

"모건 할머니, 멀린 할아버지, 돌아오세요!"

파란 빛이 지팡이 끝에서 길게 뿜어져 나오더니 흰 늑대들을 향해서 날아갔습니다.

갑자기 늑대들의 눈이 인간의 눈으로 변했어요! 늑

대들의 코는 인간의 코로! 늑대들의 입은 인간의 입으로! 늑대들의 발은 인간의 손과 발로! 늑대들의 털가죽은 길고 빨간 망토로!

두 마리 흰 늑대는 사라지고 모건 할머니와 멀린 할아버지가 그 자리에 서 있었습니다.

9. 따뜻한 가슴으로 얻는 지혜

"모건 할머니! 멀린 할아버지!" 애니가 소리쳤어요.
테디와 캐슬린도 놀라 소리쳤어요.

애니는 모건 할머니에게 달려가서는 할머니를 꼭
끌어안았어요.

"괘, 괜찮으세요?" 비로소 마음이 놓인 잭은 눈앞이
아득해졌어요.

"다시 돌아오셨군요!" 테디가 말했습니다.

"우리를 원래 모습으로 돌려줘서 고맙구나." 멀린

할아버지가 말했어요.

"우리는 모건 할머니하고 멀린 할아버지가 늑대로 변한 줄 몰랐어요!" 애니가 말했어요.

"우리는 너희를 도와주려고 따라다녔단다." 모건 할머니가 말했어요.

"얼음 마법사가 늑대들에게 붙잡히면 먹잇감이 될 거라고 했어요!" 잭이 이야기했습니다.

"저런, 그랬어?"

모두 얼음 마법사를 돌아보았어요. 여동생과 함께 서 있던 그는 부끄러워하는 눈빛으로 모건 할머니와 멀린 할아버지를 보았죠.

"저 아이들이 그대들의 정체를 알까 봐 두려웠소. 하지만 지금부터는 나쁜 짓을 절대 하지 않을 것이오. 약속하오. 이제 두 눈이 다 잘 보이니까 말이오."

얼음 마법사는 여동생을 돌아보았어요. 그의 파란 눈동자가 기쁨으로 반짝였습니다.

"따뜻한 가슴이 돌아왔기 때문에 잘 보이는 게지.

당신은 눈만 잃어버린 게 아니라 따뜻한 가슴마저 잃어버렸던 거요. 우리는 눈만이 아니라 가슴으로도 세상을 보는 법이라오." 모건 할머니가 이야기했어요.

"이제 노르넨들에게서 얻으려 했던 지혜도 찾을 수 있을 거요. 지혜는 머리만이 아니라 가슴으로도 배울 수 있다오." 멀린 할아버지도 말했어요.

얼음 마법사는 고개를 끄덕였습니다.

"부디 그대들의 가슴속에서 나를 용서해 줄 지혜도 찾아 주시오. 내 썰매를 타고서 안전하게 돌아가길 바라오."

"아, 그렇군. 우리는 당장 떠나야 하오. 캐멀롯을 너무 오래 비워 두었어." 모건 할머니가 말했어요.

"친구여, 다음에는 손님으로서 캐멀롯을 찾아 주시오. 밤손님이 아니라 말이오." 멀린 할아버지가 농담을 건넸습니다.

"여동생도 같이 오시게." 모건 할머니가 얼음 마법사에게 말했습니다.

"좋소, 그러지요." 얼음 마법사가 대답했어요.

멀린 할아버지는 잭과 애니, 테디와 캐슬린을 보았어요.

"다들 떠날 준비가 되었느냐?"

"예!" 아이들은 다 함께 입을 모아 말했습니다.

멀린 할아버지는 잭이 손에 들고 있는 지팡이를 보았어요.

"아, 죄송해요! 돌려 드리는 걸 깜빡했어요." 잭은 지팡이를 멀린 할아버지에게 돌려주었습니다.

지팡이는 멀린 할아버지가 잡자마자 힘이 더 강해진 것 같아 보였어요.

"출발!" 멀린 할아버지가 힘차게 말했어요.

모건 할머니와 멀린 할아버지는 앞장서서 얼음 마법사의 방을 나섰어요. 두 사람의 빨간 망토가 펄럭였습니다. 테디와 캐슬린이 그 뒤를 따랐고 잭과 애니도 서둘러 뒤쫓아 갔어요.

방을 나서기 직전에 잭과 애니는 얼음 마법사와 백

조 처녀를 돌아보았어요. 둘은 다시 이야기에 빠져 있었습니다.

"몇 년 동안 서로 만나지 못했으니까 할 이야기도 많을 거야." 애니가 말했어요.

"그래, 맞아." 잭은 애니를 몇 년 동안 보지 못한다는 것은 상상할 수도 없었어요.

"어서 가자." 잭은 애니의 손을 잡아끌었어요.

둘은 얼음 마법사의 방을 나서서 궁전 입구를 지나 차가운 새벽 공기 속으로 나갔습니다. 그리고 캐멀롯 왕국에서 온 네 명의 친구들을 따라 얼음 마법사의 썰매로 갔어요. 모두 함께 썰매에 올랐죠.

애니가 키를 잡았습니다. 맨 앞에 선 잭은 바람의 끈을 꺼내서 매듭을 풀었어요. 썰매가 덜컹하면서 앞으로 움직였습니다. 잭은 매듭을 또 풀었어요. 그러자 썰매가 아주 천천히 움직이기 시작했어요.

모건 할머니와 멀린 할아버지까지 타는 바람에 썰매는 아까보다 훨씬 무거웠지요. 그래서 잭은 두 개의 매듭을 재빨리 더 풀었어요. 썰매는 눈벌판을 가로질러 쌩 달려갔어요.

"꽉 붙잡아요!" 테디가 말했어요.

"궁금한 게 있어요. 서리 거인은 어떻게 생겼어요?" 썰매가 아침 햇살 속을 달리는 동안 애니는 모건 할머니와 멀린 할아버지에게 물었어요.

"서리 거인이란 것은 없단다." 멀린 할아버지가 미소를 지었습니다.

"예? 없다고요?" 캐슬린과 테디가 말했어요.

"틀림없이 있어요. 서리 거인의 숨소리를 들었는걸요." 애니가 말했습니다.

"저희를 얼려 버릴 정도였어요." 잭도 말했어요.

"우묵한 언덕 속에서는 밤이면 종종 거센 회오리바람이 불지. 너희는 그 회오리바람을 만난 것뿐이란다."

"하지만 노르넨들은 얼음 마법사의 눈을 서리 거인에게 선물로 주었대요. 그건 어떻게 된 거예요?" 잭이 물었습니다.

"옛 사람들은 자연의 무서운 힘이 실제로 존재하는 거인이나 괴물의 짓이라고 믿었지. 노르넨들도 그렇게 믿은 거란다. 그들은 서리 거인이 우묵한 언덕에 나타나는 살아 있는 괴물이라고 생각해. 하지만 사실 서리 거인은 존재하지도 않기 때문에 그들의 선물을 결코 받을 수가 없었던 거지." 모건 할머니가 설명했어요.

"저희는 노르넨들의 말을 그대로 믿었어요. 서리 거인을 똑바로 보면 얼어 죽을 거라고 그랬거든요." 잭은 고개를 절레절레 흔들었어요.

"얼음 마법사의 말도 그대로 믿었지 뭐예요. 흰 늑대들이 우리를 잡아먹을 거라고 그랬어요!" 애니가 말했어요.

"사람들은 때때로 세상을 실제보다 훨씬 무섭게 여기지." 모건 할머니가 말했어요.

이제 잭은 세상이 하나도 무서워 보이지 않았어요. 모든 것이 고요하고 밝았어요. 부드러운 장밋빛 햇살이 아침 구름을 가르며 비추었습니다.

"오늘이 동지 바로 다음 날이란다. 오늘부터 빛이 되돌아오기 시작하지. 낮이 점점 길어질 거야." 모건 할머니가 말했습니다.

잭은 고개를 돌려 태양을 보았어요. 그리 멀지 않은 눈 더미 꼭대기에 마법의 오두막집이 보였어요. 잭은 바람의 끈에 매듭을 지었어요. 세 개의 매듭을 더 짓자 썰매가 눈 더미 바로 밑에서 멈추었어요.

"이번 동지 때 너희는 대단한 용기를 보여 주었다. 눈보라와 공포와 엄청난 추위를 이겨 냈고 얼음 마법사와 백조 처녀를 다시 만나게 해 주었어. 그리고 무엇보다 가장 중요한 것은 내 힘의 지팡이도 되찾아 주었다는 것이지. 고맙다." 멀린 할아버지가 말했어요.

"도움이 되어 드려서 저희도 기뻐요."

"너희는 지난 네 번의 심부름에서 캐멀롯 왕국을 위해서 많은 일을 했다. 다음 모험 때는 너희 세상에서 또 좋은 일을 해 주렴. 신화와 마법의 시간이 아닌 실제 시간 속에서 말이다."

"곧 너희를 다시 부르마." 모건 할머니도 말했어요.

"신난다!" 애니가 기뻐했어요.

잭과 애니는 썰매에서 내렸습니다. 둘은 테디와 캐슬린을 돌아보았어요.

"다음번 모험에서도 너희가 우리를 도와줬으면 좋겠어." 애니가 말했어요.

"우리가 힘을 합치면 못할 게 없잖아?" 테디가 씩 웃었습니다.

"그랫!" 잭과 애니가 동시에 말했어요.

잭과 애니는 눈 더미 위로 걸어 올라갔어요. 꼭대기에 올라간 둘은 창문을 통해 마법의 오두막집 안으로 들어갔어요. 뒤를 돌아보니 썰매는 어느새 사라지고 없었습니다.

"안녕." 애니가 혼잣말로 나직이 인사했어요.

잭은 조그만 회색 돌멩이를 바닥에서 집었어요. 그리고 얼음 마법사의 편지에 적힌 프로그 마을이라는 글씨를 가리켰습니다.

"이곳에 가고 싶다."

바람이 불기 시작했어요.

마법의 오두막집이 빙글빙글 돌기 시작했어요.

점점 더 빨리 더 빨리.

그러다가 사방이 잠잠해졌어요.

쥐 죽은 듯이.

잭은 눈을 떴어요. 다시 프로그 마을 숲으로 돌아와 있었습니다. 모험을 떠난 사이 달라진 것은 아무것도 없었어요. 주위는 어둑어둑했어요. 나무 위에 있는 마법의 오두막집 밖에서 눈송이가 조그만 깃털처럼 나부꼈어요.

"춥다." 애니가 몸을 부르르 떨었습니다.

"자, 내 목도리 해." 잭은 자기 목도리를 풀어서 애니에게 주었어요.

"아니야, 오빠가 해." 애니가 사양했습니다.

"받아. 난 괜찮아." 잭은 목도리를 애니에게 둘러 주었어요.

"근데 엄마가 네 목도리는 어디 있느냐고 물으면 뭐라고 할 거야?" 잭이 물었어요.

"얼음 마법사의 눈을 찾는 법을 가르쳐 준 대가로

운명의 여신들에게 선물했다고 하지 뭐."

"맞다, 그러면 되겠네." 잭은 미소를 지었습니다.

"깜깜해지기 전에 집에 가자." 애니가 먼저 사다리를 타고 내려가기 시작했어요. 잭도 뒤따라갔습니다.

땅에 발을 디딘 순간 잭은 바람의 끈이 생각났어요.

"이걸 깜빡하고 돌려주지 못했어." 잭은 주머니에서 끈을 꺼냈습니다.

"멀린 할아버지가 마법을 써서 썰매를 캐멀롯으로 끌고 갔겠지?" 잭이 말했습니다.

잭과 애니는 그 끈을 잠깐 동안 내려다보았어요.

"매듭을 풀어 봐." 애니가 속삭였어요.

잭은 장갑을 벗고 매듭을 하나 풀었어요. 숨을 죽이고 기다렸지만 아무 일도 일어나지 않았어요. 잭은 애니를 보며 살짝 웃었습니다.

"우리가 사는 세상에서는 그냥 보통 끈인가 봐."

잭은 끈을 주머니에 다시 넣었어요. 잭과 애니는 나무들 사이로 난 눈길을 걸어가기 시작했어요. 잭은 테디와 캐슬린의 발자국을 찾아보았지만 모두 사라지고 없었습니다.

둘은 숲을 빠져나와서 프로그 마을로 접어들었어요. 집집마다 크리스마스트리 장식이 반짝거리고 창가에는 촛불이 빛나고 있었습니다.

잭과 애니가 눈 덮인 마당을 지날 때 신발 밑에서 뽀드득뽀드득 소리가 났어요. 집 앞 계단에 다다른 잭은 놀라서 걸음을 멈추고 멍하니 앞을 바라보았어요.

애니의 빨간 목도리가 현관 앞 계단 손잡이에 걸려 있었거든요!

"믿을 수가 없어!" 잭이 말했습니다.

"난 믿어!" 애니가 말했어요.

둘은 재빨리 계단으로 갔어요. 애니가 목도리를 집었어요.

"봐!" 애니는 목도리를 잭에게 보여 주었습니다.

목도리에는 작은 그림이 수놓아져 있었어요. 잭과 애니 그리고 흰 늑대 두 마리였어요.

잭은 할 말을 잃었습니다.
"멋지지?" 애니가 말했어요.

애니는 잭의 목도리를 돌려주고서 자기 목도리를
목에 둘렀습니다. 애니는 그림이 있는 부분은 외투의
깃 속에 감추었어요.

현관문이 열렸습니다. 맛있는 냄새가 집 안에서 솔
솔 풍겨 나왔어요. 엄마가 말했어요.

"어서 와라! 쿠키가 다 구워졌단다. 들어와 몸 좀
녹이럼!"

동지에 대한 더 많은 사실

 동지는 어떤 날일까?

동지는 일 년 중에서 밤의 길이가 가장 길고 낮의 길이가 가장 짧은 날이다. 낮의 길이가 가장 긴 날인 하지가 지나면 점차 해가 늦게 뜨고 일찍 지기 시작하여 동지에 이르면 낮의 길이가 가장 짧아진다.

적도 위쪽인 북반구에서 동지는 12월 22일쯤이

다. 그런데 적도 아래쪽인 남반구에서는 북반구에서 낮의 길이가 가장 긴 날에 반대로 밤의 길이가 가장 길다. 그래서 북반구에서 동지인 12월 22일이 남반구에서는 하지이며 남반구에서 동지인 6월 21일이 북반구에서는 하지이다.

옛날 사람들은 동지에 무엇을 했을까?

옛날 사람들에게 동지는 중요한 축제였다. 동지가 지나면서 낮이 다시 길어지므로 동지를 '생명의 다시 살아나기 시작하는 날'로 여겼기 때문이다.

동양에서는 동지를 '작은 설' 또는 '다음 해가 되는 날'이라 하여 설날에 버금가는 경사스러운 날로 생각했다. 그래서 '동지를 지나야 한 살 더

먹는다.'라는 말도 전해진다. 중국 주나라와 당나라에서는 아예 동지를 설날로 삼기도 했다.

서양에서는 동지를 해가 죽음으로부터 부활하는 날로 생각했다. 그래서 큰 잔치를 벌이고 태양신에게 제사를 올렸다.

동지와 크리스마스는 어떤 관계일까?

크리스마스는 예수가 태어난 것을 축하하는 명절이지만 예수가 실제로 12월 25일에 태어났다는 정확한 기록은 없다. 그런데도 12월 25일이 크리스마스가 된 것은 이 명절이 동지에서 유래했기 때문이다.

로마 사람들은 해마다 12월 21일부터 31일까지

농사 신을 위한 성대한 축제를 벌였다. 그리고 그 중에서도 동지의 바로 다음 날로 여겨진 12월 25일에는 태양이 다시 태어난 것을 크게 기념했다.

그러다 로마가 기독교를 국가로 받아들이면서 동지 축제인 12월 25일이 변형되어 예수의 탄생을 축하하는 크리스마스가 되었다.

이 책을 읽는 어린이들에게

예전에 나는 북유럽 신화에 관한 책을 낸 적이 있어요. 그 책에는 아주 먼 옛날 스칸디나비아의 춥고 황량한 땅에 살았던 바이킹의 신화들이 실려 있어요. 『겨울 나라의 얼음 마법사』를 쓰는 동안 그때 다룬 북유럽 신화들이 나에게 많은 영감을 주었답니다.

북유럽 신화에는 '오딘'이라는 이름의 신이 나와요. 최고의 신이었던 오딘은 더 많은 지혜를 얻기 위해 거인 '위미르'의 우물물을 마셔요. 그러자 위미르

144

는 우물물에 대한 대가를 요구하죠. 그래서 오딘은 한쪽 눈을 우물에다 던져 줘요. 그 후 외눈이 된 오딘은 사람들의 눈을 피하기 위해서 모자를 쓰고 수염을 기르고 다녔어요.

노르넨은 운명과 예언의 여신이에요. 세 자매인 노르넨 중 첫째는 과거를, 둘째는 현재를 그리고 막내는 미래를 보여 주지요. 노르넨이 정한 운명은 신조차도 마음대로 바꾸지 못해요. 그리스 신화에도 '모이라' 라는 이름의 비슷한 여신들이 있어요. 셰익스피어의 『맥베스』에 나오는 마녀도 바로 노르넨이랍니다.

신이 현재의 인간을 창조하기 이전에 살았다는 서리 거인은 자연의 모진 힘을 상징하지요. 바이킹은 거센 회오리바람을 보고서 서리 거인에 대한 신화를 만들었던 거죠.

또한 북유럽 섬들에 전해지는 전설에 대해서 더 연구하면서 나는 백조로 변신할 수 있는 여자들인 백조 처녀들에 대해서 알게 되었어요.

바람의 밧줄 혹은 바람의 끈에 대해서도 알게 되었죠. 옛날 북유럽의 뱃사람들은 마법사들로부터 바람의 매듭이 지어진 밧줄을 사곤 했어요. 자기 배가 바다를 무사히 건너게 하기 위해서였지요.

이 바람의 끈은 한스 크리스티안 안데르센이 지은 「눈의 여왕」에도 나온답니다. 「눈의 여왕」에 나오는 순록이 "세상의 모든 바람을 실 몇 가닥으로 묶을 수도 있잖아요. 뱃사람이 첫 번째 매듭을 풀면 좋은 바람을 얻게 되고 두 번째 매듭을 풀면 바람이 심하게 불지요." 하고 말해요.

『겨울 나라의 얼음 마법사』는 멀린 할아버지가 맡긴 네 가지 임무를 마무리 짓는 책이에요. 이 네 가지 임무를 해내기 위하여 잭과 애니는 마법이 서린 보물들을 찾아주지요. 회상과 상상의 물, 운명의 다이아몬드, 빛의 검, 힘의 지팡이. 이 네 가지 보물들은 전설 속의 왕국 캐멀롯의 네 가지 보물에서 영감을 얻어서 쓴 것이랍니다. 아일랜드의 전설에 따르면 이것들은 먼 옛날 살았던 켈트 족에게 가장 신성한 보물들이었대요.

여러분은 어떤 보물을 가지고 있나요? 보물이 있다면 소중히 간직하시고 없다면 나만의 보물을 찾아 모험을 떠나는 건 어떨까요?

메리 폽 어즈번

지은이 | **메리 폽 어즈번**

메리 폽 어즈번은 미국에서 태어났다. 노스캐롤라이나 대학에서 연극을 공부했고, 그리스 신화와 종교에 매료되어 종교학을 공부하기도 했다. 졸업 후에 그리스의 크레타 섬에 있는 동굴에서 생활하기도 했고, 유럽 친구들과 이라크, 이란, 인도, 네팔 등을 비롯한 아시아 16개국을 자동차로 여행하기도 했다. 여행 중에 아프가니스탄에서 지진을 겪기도 하고, 히말라야에서 독이 몸에 퍼져 목숨을 잃을 뻔하기도 했다. 고향으로 돌아온 뒤에는 윈도 디스플레이어, 병원 조무사, 식당 종업원, 바텐더, 어린이 책과 잡지의 편집자 등 다양한 직업을 가지며 생활했다. 워싱턴에서 관광 가이드로 지내던 중 연극배우이자 감독, 극작가인 지금의 남편 윌 어즈번을 만나 결혼했다.
청소년을 위한 소설 『최선을 다해 뛰어라』라는 작품을 쓰게 되면서부터 본격적인 작가 생활을 시작했다. 지금까지 17여 년 동안 50여 권 이상의 어린이 책을 썼다. 대표 작품인 「마법의 시간여행 *Magic Tree House*」시리즈는 공룡, 중세 기사, 미라, 해적 등 다양하고 폭넓은 주제를 다룬 본격 어린이 교양서로 어린이들로부터 열렬한 사랑을 받고 있다.

옮긴이 | **노은정**

연세대학교 영어영문학과를 졸업하고 현재 어린이 책들을 번역하고 있다. 번역 작품으로는 「마법의 시간여행」 시리즈, 「마음과 생각이 크는 책」 시리즈 등과 『해리야, 잘 자』, 『칙칙폭폭 꼬마 기차』, 『내 멋대로 공주』 등이 있다.

겨울 나라의 얼음 마법사

메리 폽 어즈번 지음 / 살 머도카 그림 / 노은정 옮김

1판 1쇄 찍음——2005년 7월 8일
1판 1쇄 펴냄——2005년 7월 15일
펴낸이 박상희
펴낸곳 (주)비룡소
출판등록 1994. 3. 17.(제16–849호)
주소 135–887 서울시 강남구 신사동 506 강남출판문화센터 4층
전화 영업(통신판매) 515–2000(내선1) / 팩스 515–2007 / 편집 3443–4318~9
홈페이지 www.bir.co.kr

값 7,000원

ISBN 89–491–9086–9 73840
ISBN 89–491–5054–9 (세트)

마법의 시간여행

마법의 시간여행
지식탐험